JN178008

集英社オレンジ文庫

映画ノベライズ

先生！　、、、好きになってもいいですか？

岡本千紘
原作／河原和音

Contents

イラスト／河原和音

映画ノベライズ

先生！

、、、好きになってもいいですか？

岡本千紘　原作 河原和音

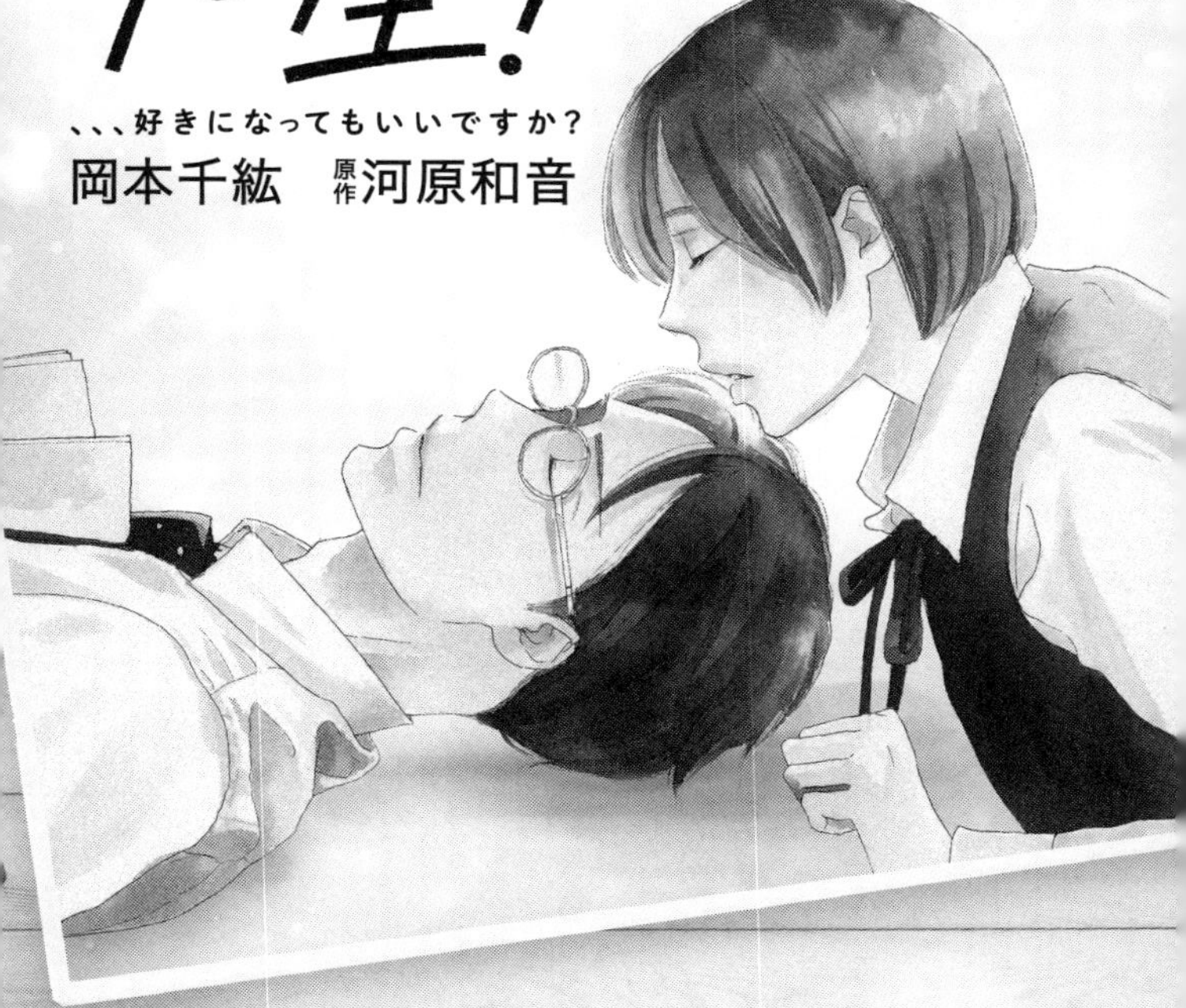

【プロローグ】

きらきら、春の日差しが眩《まぶ》しかった。今日から高校生活がスタートする、はじまりの日。今年は花が遅いという桜はちょうど満開で、見上げるたび心が躍った。

紺《こん》のブレザーに臙脂《えんじ》のリボンタイ。おろしたての制服はぱりっとして、まだ体になじまない。その胸いっぱいにふくらむ期待と、そわそわ、走りだしたくなるような緊張感。体育館に集められた新入生たちは皆、これからの高校生活で頭がいっぱいだ。制服の着こなしやクラス分けの話、さっき見かけた格好いい先輩の話……ひそめ声のおしゃべりがあちらこちらで交わされている。

そんな新入生の中に混じって、島田《しまだ》響《ひびき》も校長先生の話を聞いていた。——いちおう、真面目《まじめ》に聞こうとは思っているのだ。

でも、春の日差しはあたたかくて、開けた窓から吹き込んでくる風はふわふわいい匂《にお》いがして、心地よくて、眠たくて……。

「……ふわ」

我慢しきれなかったあくびがこぼれ落ちる。

校長先生の手前、なんとなく前を向いてはしづらくて、視線をめぐらせた先で、男の人と目が合った。

（あ……）

気まずい。

でも、その人はもっときまり悪そうに、ふいっと視線をそらしてしまった。壁際に立っていたその人も、ふわぁと大きなあくびをしたところだったから。

（先生）

周りの先生たちから頭一つ飛び出した、背の高い人だった。

無造作《むぞうさ》な黒髪。不機嫌にも見える無表情。口許を隠す大きな手。眼鏡《めがね》の奥、少し垂れぎみな瞳は甘いのに、どことなく物憂《ものう》げで、気持ちを引かれる。

偶然目が合った。それだけなのに、なぜだか目が離せなかった。校長先生のお話も、まわりのひそやかなおしゃべりも、すべてが遠のく。

ざぁっと強い風が吹いた。窓辺の桜がいっせいに揺れる。ピンクの空。明るい光。

前に向き直ったその人の横顔を、響はじっと見つめ続けた。

――あの頃、わたしはまだ知らなかった。恋が、どんなものなのか。

【1】

九月。学校はとっくに始まったのに、太陽だけがまだまだ夏を引きずっている季節。

島田《しまだ》響《ひびき》は外廊下《そとろうか》を全力疾走していた。

「んもーっ！　関矢《せきや》先生の下駄箱《げたばこ》、右から二、上から四って言ったじゃん！」

隣を走りながら、ちーちゃんが泣きそうな顔で怒っている。

ちーちゃん。千草恵《ちぐさめぐみ》ちゃん。響の同級生で、同じ弓道部《きゅうどうぶ》の親友だ。

髪も染めずお化粧《けしょう》もしないマイペースな響とは対照的に、ハッキリした顔立ちに毎日じょうずにお化粧をして、長い髪をふわふわ巻いて、いつも「女の子」を頑張っていて、おしゃれと恋と担任の関矢先生が好き。

そのちーちゃんから関矢先生へ、「お願い、下駄箱に入れてきて！」と託されたラブレターを、響はあろうことか別の下駄箱に入れてしまったのだった。

「ごめん！　上から二、右から四だと思って……！」

響も泣きそうな気分で謝りながら走る。走る。外廊下から昇降口へ、フルスピードで駆け抜ける。すれ違う生徒たちが、何事かと振り返る。

「おまえなー千草、なんでも響に頼むんじゃねぇよ！　自分のラブレターくらい自分で入れてこいや！」

勝手についてきた川合浩介《かわいこうすけ》に横から言われ、ちーちゃんは「だってぇ！」とふくれっ面《つら》になった。足だけはあいかわらず全速力だけど。

(待って、お願い残ってて‼)

祈るような気分だった。

――なのに。

(右から四、上から二……)

職員玄関の下駄箱を開けて、愕然《がくぜん》とした。

(……うそ、)

「……ない⁉」

響を押しのけ、のぞき込んだちーちゃんが、さぁっと青ざめる。卒倒しそうな表情で頭を抱えた。

「あぁああ、持ってかれちゃったんだ！　わたし、終わったぁああ！」

「ごめん、ホントごめん！　だれ先生だろ、ここの下駄箱……？」

ひたすら謝りながら、再び下駄箱をのぞき込む。——と、中に置かれたスニーカーの踵《かかと》に名前が書かれていた。

（……あ）

目を見開く。

（伊藤《いとう》先生）

響たちの世界史の先生だ。

たぶんまだ二十代の、男の先生。若くて背が高くて顔は整っているけれど、無愛想で、ぶっきらぼうで、ちょっと近寄りがたい雰囲気《ふんいき》で——。

横からのぞき込んできた浩介が、「よりによって伊藤かよ」と呟《つぶや》く。

——つまり、そういう感じの人だ。

＊

「あいつ苦手なんだよね。シャレ通じないし！」

ため息混じりに千草は言った。

社会科準備室に向かった響を、浩介と一緒に待っているところだ。埃《ほこり》っぽい階段に並んで腰を下ろす。

「あ〜、響、大丈夫かなぁ？」

ラブレターがどうなったのか、もちろん気にはなるけれど、同じかそれ以上に響のことも心配だった。怒られたり、いやなことを言われたりしていないだろうか。なにしろ相手はあの伊藤だ。

「響も伊藤のこと、たぶん苦手なのに」

「あ？　なんでよ？」

——なぜ響が伊藤を苦手だとわかる？

いぶかしげにこちらを見る浩介を、千草はちらりと見返した。

「あのね？　伊藤の世界史、答えるとき、響ね、少しだけ声、高くなるんだよ……」

＊

そんな噂《うわさ》をされているとはつゆ知らず、響は緊張の面持《おもも》ちで社会科準備室をのぞき込んでいるところだった。ごくりと唾《つば》を飲み込み、おずおずとドアに手をかける。

「失礼します……」

引き開けながら、あ、声ひっくり返っちゃった、と思った。ちょっとあがり症ぎみなので、緊張するとこうなるのだ。

はじめて入る社会科準備室の中は、まるで要塞《ようさい》のようだった。侵入者を拒《こば》むみたいに、入ってすぐの目の前に、大きな本棚《ほんだな》が立ちふさがっている。それを横から回り込むと、ようやく部屋全体が見渡せた。

天井までそびえる本棚と、それをびっしり埋める本。手前の机にも、奥の窓辺の机にも、それどころか床にまで、世界史関係の本が積み上げられている。そのあいだに、湯沸かし用のケトルとかコップとか、くしゃくしゃの毛布が置かれたソファとかがあって、ここだけでもちょっとした生活はできそうだった。ものめずらしさに、ついきょろきょろと見回してしまう。

――と、

（あ……）

奥の窓辺に、伊藤先生の姿を見つけた。仕事机の椅子《いす》に座り、差し込む光に包まれるようにして、本を読んでいる。

登校時刻のにぎやかな声が遠くなる、静かな横顔だった。

すっと通った鼻筋に、軽く引き結ばれた唇。少しうつむいているために、眼鏡《めがね》の奥の瞳は前髪に隠されて響からは見えない。

こんな、人を寄せ付けない要塞みたいな部屋でたった一人、本にのめり込んでいる姿は、無言で世界を拒絶しているみたいだった。望んでそうしているようだけれど、どこかさみしげに響には見える。一年前――入学式の物憂げな表情が、響の脳裡《のうり》に浮かんで消えた。

話しかけづらい。けれど、先生は気付いてくれない。よほど本に集中しているらしい。いつまでも黙って見ているわけにもいかなくて、響はおそるおそる一歩近づいた。

「い、伊藤先生……！」

呼びかけた声は、やっぱり少しうわずっている。

ピタリと、ページをめくる手が止まった。ちらりとこちらに視線を送り、興味なさそうに本に戻す。もしかしたら、気付いていて放っておかれていたのかもしれないと感じる、微妙な間。

「……なんだ?」

ぶっきらぼうな口調に、響はびくっと肩を揺らした。

「あ、あ、あの……、下駄箱に、手紙が……入ってたと、思うんですけど……」

しどろもどろな説明になってしまった。先生はこちらを見もしない。

「ああ、おまえが書いたのか」

　そう言われて、響は焦った。

（えっ、わたし……⁉）

「ちがいます！　あの、ちーちゃん……あっ」

（言っちゃった……！）

　否定した勢いで、ちーちゃんの名前を漏《も》らしてしまった。慌てて手で口をふさいでも後の祭りだ。先生は、「千草か……」と、あきれたような、納得したみたいなため息をついている。

「いかにも書きそうだな、あいつは」

　言いながら、本を置き、机の一番上の引き出しから封筒を取りだした。『先生へ』と書かれた手紙。それを差し出してくるその手に、響の目は吸い寄せられた。

（……大きい手……）

　入学式で、大きなあくびを覆《おお》い隠していた、あの手だ。骨張って大きな、大人の男の人の手――。

「どうした？」

「え？　あっ」

不審そうな声できかれ、我に返った。両手で手紙を受け取って頭を下げる。なぜだか、まっすぐ先生の顔を見られなかった。

「すみません。失礼します！」

ぺこりと頭を下げ、踵《きびす》をかえす。——と、

「島田」

響の背中を、先生の声が追ってきた。

ビクッと立ち止まり、振り返る。

「……はい」

先生はもうこちらを見ていなかった。再び本に視線を落としつつ、興味なさそうな口調で言った。

「千草に、日本人なら国語くらい真面目《まじめ》にやれっつっとけ」

辛辣《しんらつ》な物言いに戸惑いつつも、「はい」と答えた。

そんなの、ちーちゃんに言えるわけない。

＊

「むっ、かつくぅううう！」

　響が返してもらってきた手紙を広げて、ちーちゃんが叫んだ。何なにと、浩介と一緒にのぞき込む。

　そこには、赤ペンでびっしりと書き込みが入っていた。黒板でいつも見ている、伊藤先生の几帳面《きちょうめん》そうなきれいな字だ。語尾とか、漢字の間違いとか、指摘が細かい。きわめつけに、『差出人名がないので0点』の文字。

「あんっな、女っ気ないやつに！　ラブレター、採点されるなんてぇええ！」

　絶叫するちーちゃんの横で、浩介はおなかを抱えて爆笑している。

　響はちょっと意外だった。生徒のラブレターをわざわざ採点するなんて、先生、大人なのに子供っぽい。

　並んで階段を下りながら、そんなことを考えていると、ちーちゃんが勢いよく振り返った。

「そうだっ。響、伊藤に口止めしてきてくれた？」

（口止め……？　って、ちーちゃんが「先生」宛《あ》てにラブレターを書いたってこと？）

「あ、忘れた」

「えー――っ！」

「ご、ごめん」

うっかりしていた。やっぱりちょっと緊張していたのだ。

(……でも、)

窓辺で本を読んでいた、静かな面差《おもざ》しが脳裡に浮かんだ。話しかけるのもためらわれるような、世界を拒絶した表情。響の口調も静かになる。

「でも、きっと伊藤先生は言わないよ」

嚙《か》み締めるように呟《つぶや》いたときだ。

「おーい、おまえら！　予鈴《よれい》鳴ってるぞー」

階下の廊《ろう》下《か》を歩いてきた先生に声をかけられた。担任で数学教師の関矢先生と、美術の中島《なかじま》先生だ。上機嫌な関矢の横で、中島は本心の読めない、きれいな微笑を浮かべている。

「関矢せん……」

ちーちゃんがパッと目を輝かせた。ああ、先生が好きなんだなってわかる顔だ。それを押しのけ、浩介がダダッと階段を下りる。

「中島先生！　朝っぱらからマジできれいっすね！」

今にも手を取らんばかりの勢いに、先生は余裕の微笑をひとつ。

「大人をからかわないの」

そう言って、響たちにちらりと視線を送った。

「かわいい子なら、周りにいくらでもいるでしょ」

「えっ」

ちーちゃんがまんざらでもない顔になる。

そんな響たちを残し、先生たちはチャイムの音の鳴り響く中、さっさと階段を下りていってしまった。

「いや、ホントおきれいですよ」

「やめてください、関矢先生まで」

「本当です。僕、お世辞《せじ》言えない人ですから……」

遠ざかる会話を耳にして、ちーちゃんと浩介は、むぅっと唇をとがらせた。

＊

「……あああぁ！　やっぱ関矢、中島が好きなのかなぁ⁉」

弓道場《きゅうどうじょう》に、ちーちゃんの声が響きわたる。

放課後、弓道部の練習のため、準備をしているところだった。

授業後、下校までの時間の大半を、響たちは弓道場で過ごす。白の上着に黒袴《くろばかま》、胸当てと足袋《たび》に身を包み、気持ちを整えて的前《まとまえ》に立つ時間は、響の高校生活の中で、自分を見つめる大切なひとときだ。もっとも、いつも静かにとはいかないけれど。

今朝の会話を思い出したのだろう。ちーちゃんの絶叫に、浩介が苦い顔で同調した。

「どうかと思うぜ、関矢の野郎。生徒を前に、女口説《くど》くような真似《まね》……」

「関矢は悪くないんだって！　中島のエロさに騙《だま》されてんだってぇ！」

すぐさまちーちゃんが噛みついて、浩介はあきれ顔になる。

「おまえは、中島に敵意持ちすぎ」

「だってさ！　最近やたらと関矢と一緒にいてさぁ！」

「あー、関矢ありえねぇ！」

「や、だから関矢は悪くないんだって！」

じゃれ合うような言い争いを、響は虹を見上げるみたいに見つめた。

「……なんか、楽しそう」

微笑と一緒に、つい本音がこぼれてしまう。

聞きつけた二人が、「は⁉」と目をむいて振り返った。ちーちゃんと浩介にしてみれば、好きな人に恋人がいるかもしれない状況で、とても「楽しい」なんて言っていられないのだろう。

わかるけれど、やっぱりちょっと羨《うらや》ましい。二人みたいに、誰かに夢中になる恋を、響はまだ、したことがないから。

（このあいだ入学したばかりだと思っていたのに……）

気付けばもう二年生で、十七歳の今も、あっという間に終わっていく。

高校生活は三年間しかないというのに、その半分を何もないまま過ごしてしまった。恋に一生懸命な二人を見ていると、ふと、女としての十七歳を無駄にしているような気がしてしまうのだ。

順番が回ってきて、浩介が射場《いば》に立つ。

足踏み。胴造《どうづく》り。矢をつがえ、すっと背筋を伸ばして立つ。まっすぐに的を見つめると、さっきまでふざけていたのが嘘みたいに、射場の空気が静かになる。ゆったりと弓矢を持ち上げ、力みのない所作《しょさ》で引き分ける。

一瞬の間。放たれた矢はパァンと的の中心を射貫《いぬ》いた。

中学から弓道を続けている浩介の射は、南高《みなみこう》弓道部員たちの中でも群を抜いてきれいだ。部員たちが「しゃあ！」と声を上げる。ジャージ姿の後輩たちが、「川合先輩、かっこいい！」「かっこいいね！　さすがだね！」と盛り上がっている。

それを耳に挟みながら、響はやっぱり不思議だった。

（……どうしてみんな、わかるんだろう）

考えながら、入れ替わりに的前に立つ。

弓をかまえ、的を見つめる。

（自分がその人を好きだって、どうして、わかるんだろう）

その感情を、響は知らない。

やさしかった先輩とか、隣の席の男の子とか、いいなと思う人はいたけれど、でも、恋はしたことがない。いつか自分も、彼らのような感情を、知るときが来るんだろうか？

それって――恋って、どんな気持ち？

吹き抜ける風に前髪が揺れる。見据えた的が、一瞬近くなった気がした。

響の手から放たれた矢は、パァンと乾いた音を立て、的の中心近くを射貫いていた。

【2】


そんな十七歳の秋。ある朝のホームルームでのことだった。

教卓で出欠をとり、連絡事項を伝えた関矢《せきや》先生が、最後にこう付け足した。

「最近、この学校の周りをね、不審な男がうろついてるって話があるんで。とくに女子はね。はい、注意するように」

ちーちゃんが、後ろの席の浩介《こうすけ》に向かって、「やーん、あんたじゃないの?」とからかっている。

「殺すぞ、おまえ」

「こ~わぁ~。浩介こわっ」

――と、こそこそと悪ふざけしている二人の声をかき消すように、隣のクラスからにぎやかな笑い声が響いてきた。

「なんだ隣、騒がしいな。伊藤《いとう》先生、何してんの」

関矢が不審そうに視線をめぐらせる。

隣のクラス担任は伊藤先生だ。でも、これだけ騒がしいということは、まだ教室に来ていないらしい。

「ちょっと待ってろ」と言い置いて、関矢が教室を出ていくのを、響《ひびき》は窓際の席でぼんやりと聞いていた。――のだけれど。

（……!?）

ふと下を見て、目を疑った。思わず首を伸ばしてのぞき込む。

窓の下、テーブルベンチで横になり、伊藤先生が眠っていた。

テーブルの上には眼鏡《めがね》と缶コーヒー。ジャケットまで脱いで、本気でお昼寝の体勢だ。片方の腕を枕にして、眼鏡をはずした寝顔はいかにも気持ちよさそうだった。きれいで無防備な横顔――なんて、暢気《のんき》に見とれている場合ではなくて。

（……どうしよう）

声は出せない。他の人に気付かれる。緊急事態だ。しかたない。響は机の上に置いていた辞書を、先生めがけて投げ落とした。

「ぅおっ!?」

おなかに辞書の直撃を受け、先生が跳ね起きる。

一瞬、状況のわからない顔で周囲を見回し、眼鏡をかけてこちらを見上げた。目が合った。響はびくっと肩を揺らした。

伊藤先生は、ボサボサの髪でおなかを抱え、なにするんだと言わんばかりの表情だ。ちょっと格好悪い――などと思っている場合ではなく、響は自分の左手首を指さした。「時間、時間」と、声を出さずに口を動かす。

呆然《ぼうぜん》と響を見上げていた先生が、ハッと何かに気付いたようすで自分の腕時計を確かめた。目に見えて硬直する。大慌てで立ち上がり、ジャケットと缶コーヒーを摑《つか》んで校舎に駆け込んだ。たぶん、もうすぐ教室まで上がってくる。

一部始終を見守って、響は思わずほほ笑んでいた。

無愛想で近寄りがたい。そう思っていた先生の、意外な一面を見た気がした。

＊

「やっぱいよね、変質者とか。やっぱ女子高生って、たまんないもんがあんのかなぁ？」

休み時間。廊下《ろうか》に置かれたロッカーの前で、次の授業の準備をしながら、ちーちゃんが騒いでいる。

「やだ、気持ちが悪い」

響は顔をしかめたが、ちーちゃんは別の方向に妄想をめぐらせているらしい。なんだかうれしそうな声で言う。

「あ、先生たちも、けっこう我慢してたりすんのかも？　とびっきりおいしそうなウチらをいっつも前にして〜！」

「変質者と一緒にするな」

あきれた声にさえぎられ、二人は背後を振り返った。伊藤先生がうんざり顔でこちらを見ている。そういえば次は世界史だ。

とんでもない会話を聞かれてしまった。かあっと頬《ほお》に血が上る。ちーちゃんが「盗み聞きっ！」と噛《か》みついた。

「あんだけでかい声で話してりゃ、いやでも聞こえる」

「でもっ、でも先生、ウチらのこと見てて、たまーにドキッとかしない？」

「しない」

バッサリと否定して、先生は手に持っていた辞書をポンと響の頭にのせた。さっき、響が教室の窓から投げたものだ。先生のおなかを直撃したやつ。

先生がちょっと不機嫌そうな声で言った。

「当たりどころが悪かったら死ぬぞ」

「……」

そう言われると、響には返しようがない。だって、他に起こし方を思いつかなくて。緊急事態だと思ったし、先生、他の先生に見つかったら気まずいだろうと思ったし……心の中で言い訳しながら、頭の上の辞書を摑む。

――と、

「……どうもな」

そう言って、伊藤先生は、ものすごくわかりづらいけれど、かすかに笑った。

(笑った)

思いがけない笑顔にドキッとする。ちょっときまり悪そうで、ちょっといたずらっぽくて、かわいい――。

でも、次の瞬間には、先生はいつもの素《そ》っ気《け》ない先生に戻っていた。

「始めるぞ」

チャイムの音に重ねて言って、隣の教室に入っていく。

「あいつ、まじむかつく！」

ちーちゃんの声を聞きながら、響は先生のいなくなったあとをじっと見つめた。笑顔を見た瞬間のドキドキが、胸の中に残っている。

(……?)

思わず辞書を抱き締めた。

教壇《きょうだん》に立ち、授業をしている伊藤先生を見つめるときも、やっぱり胸はまだドキドキと高鳴っていて。

(……なんだろう?)

それは予感だった。何かが新しく動き出す予感。

その先に何があるのか見極めようとするみたいに、響は教壇の先生を見つめた。

「『おまえが未来に出会う災《わざわ》いは、おまえがおろそかにした過去の報いだ』。これはナポレオンの有名な言葉だが……」

先生が熱心に説明しているナポレオンの言葉を、ノートに書き写していく。

「まあ、おまえらも、あとで後悔したくなかったら、今をおろそかにするなってことだな。えーその後、ナポレオンは、一八一二年、ロシアに侵攻するが……」

説明を聞きながら、響は手元の文字に目を落とした。

『おまえが未来に出会う災いは、おまえがおろそかにした過去の報いだ』

——あとで後悔したくなかったら、今をおろそかにするな。

【3】

季節が少しずつ進むに連れ、日暮れはずいぶん早くなった。部活を終えたあとの下校時間は、ちょっと前まで真昼のように明るかったのに今はもう真っ暗だ。

——最近、この学校の周りを、不審な男がうろついてるらしくてな。とくに女子は注意するように。

朝のホームルームの注意が脳裡《のうり》を過《よ》ぎる。

同じことを思い出したのだろう。通学路にある大きな橋を渡りきって、別れ際、ちーちゃんは自分の肩を抱いて身を守るようなしぐさをし、おどけた口調で響《ひびき》に言った。

「じゃあね。お互い、変質者に襲われないよう、気をつけていこうね～！」

「やめてよー！」と笑い返しながらもドキッとする。

「じゃあねー！」

「ばいばい」

また明日、と手を振って別れた。

一人になったとたん、いつもは気にもならない物陰がやけに暗く感じられる。薄暗い地下道にちょっとためらい、足早になった。

背後からひたひたと近づいてくる足音に気が付いたのは、地下道に入ってすぐのことだった。「はぁはぁ」と気味の悪い、荒い息が聞こえる。

ぎくりとした。

なんだろう、すごく気になる。たまたま後ろを歩く人がいても、べつにおかしいことじゃない。自意識過剰《かじょう》。だけど気になる。背中にさざ波が立つみたいな不安感。

幽霊の正体を見極めるみたいな、安心したい一心で、ちらりと背後を振り返った。その瞬間、フードを目深《まぶか》にかぶった男の人が、こちらに向かって走ってくるのが見えた。

「！」

ぞっと全身が粟立《あわだ》った。考えるより先に走り出す。背後から足音が追いかけてくる。

（いやだ。やだ。こわい……！）

必死に走った。やっとのことで地下道を抜け、逃げ場を探して、車道の向こうへ――渡ろうとした瞬間、足がもつれた。

「いっ……！」

道路に身を投げ出され、痛みに呻《うめ》く。もうだめだと思ったそのとき、パァッとまばゆい灯りが響を照らした。

「!」

まぶしさに思わず手をかざす。車のライトだ。急ブレーキをかけた車から人が飛び下りてくる。

「島田《しまだ》!?」

聞き慣れた声だった。ライトの逆光に、その姿が浮かび上がる。

(先生!)

伊藤《いとう》先生だ。

響の目にじわっと涙が浮かんだ。

「どうした?」

立ち上がり、駆け寄ってきた先生に手を伸ばす。迷子の子供が母親にすがるような必死さで抱きついた。

「おい、島田——」

「せんせい……先生、こわかったです」

響を受け止めた先生が、ふと顔を上げる。

フードをかぶった男が、響の後を追うように地下道から出てきた。彼は膝に手をつき、乱れた息を整えている。

やがて彼はフードを下ろし、イヤホンを耳から外した。汗だくの顔をタオルで拭いているようすは、どこからどう見ても普通のジョガーだ。こちらを見ようともしない。

ほっとした。でも、響は先生から離れなかった。離れられなかったのだ。恐怖と緊張で爆発寸前だった心臓は、まだ早鐘を打っている。体の震えも治まらない。

ぎゅうぎゅう抱きついていると、不意に先生の体から力が抜けた。ぽんぽんと頭を撫《な》でられる。

（あ）

と、思った。あの手だ。大きな男の人の手——先生の手だ。

（先生）

あの手に強く抱き締められて、頭を撫でられている——。

そう思った瞬間、響の胸がどくんとひとつ、高鳴った。

＊

夜間診療のある大きな病院に連れて行かれ、擦りむいた膝の傷を診《み》てもらった。

今は待合室で親の迎えを待っているところだ。安心したとたんに傷が痛んで、響は無意識にガーゼの上から手を触れた。

席をはずしていた先生が戻ってきた。手にした紙パックのジュースを、「ほら」と響に差し出してくる。

「え……？」

（くれるの？　わたしに？）

「あ、ありがとうございます……」

と言いながら、受け取ったパックを凝視した。いちごオレ。子供扱いされてるなぁと思う。でも、先生と生徒だ。しょうがない。それに、やっぱりうれしかった。

（……先生、やさしい）

クールと言えば聞こえはいいけど、無愛想で、そっけなくて、ぶっきらぼう。だけど、伊藤先生は、とても、やさしい。

何か言おうと口を開き、でも、礼以外に言うべき言葉が見つからなくて、声が出ない。

「どうした？」

「あ、いえ」

ただ、何を言ったらいいのかわからない――。

「響！」

自分を呼ぶ母の声に振り返った。見ると、両親がこちらに駆け寄ってくる。わざわざ二人で迎えにきてくれたらしい。

「先生、今日は本当にお世話になりまして……」

落ち合ってから車に乗るまで、両親は何度も先生に頭を下げた。一足先に、病院の玄関前に駐めた車に乗せられて、響はぼんやりとそのようすを見ていた。

車が動き出す瞬間、ほんの一瞬、先生と目が合ったような気がする――でも、気のせいかもしれない。

「たいしたことなくて、ほんと良かった。勘違いだなんて、昔からほんっと思い込みが激しいんだから……」

帰りの車内、助手席に座った母がそんなことを言い出す。ハンドルを握った父が反論した。

「こんなご時世だもん、思い込みが激しいぐらいで女の子はちょうどいいだろ。……あ、なんならさ、明日からお父さん、毎日送り迎えしようかな?」

「やだぁ、過保護すぎるのよ、お父さんは。もう響も子供じゃないんだから」

「まだ子供です！」

二人のやりとりを聞きながら、響は後部座席でぼんやりと窓を見つめていた。手に持ったままだった、いちごオレの空きパックに視線を落とす。無意識に言葉が漏《も》れた。

「やっぱり、子供ってことなのかな……」

それを差し出した、大きな手を思い出した。それから、その手に抱き締められて、頭を撫でてもらったことも。その、やさしい感触も——。

どうしよう、胸が苦しい。

（やっぱり、大きな手だった）

思い返すたびに苦しいけれど、その甘い苦しさを、いつまでも味わっていたいと思う。守ってくれる、大きな手。男の人の——伊藤先生の手。

その感触を何度も何度も、繰り返し思い出しながら、響は窓の外を流れる夜を見つめ続けた。

#【4】

昼休みの美術室は、授業のときの騒がしさが嘘のように静かだった。生徒たちのはしゃぎ声も今は遠い。

午後の光が燦々《さんさん》と差し込む美術室で、中島《なかじま》は一人、絵を描いていた。石像のクロッキー。今更おもしろくもないけれど、昼休みの空き時間に描くにはこれがせいいっぱいだ。

ふいに教室のドアがガラリと開いてお邪魔虫が入ってきた。名前を川合浩介《かわいこうすけ》という。二年生の教え子だ。

彼は、遠慮《えんりよ》もなく中島の背後まで来ると、人好きのする笑顔を浮かべた。

「へ～、やっぱうまいね」

美術教師にかけるには生意気な言葉だ。わかって言っているのだろうか。……わかっているのかもしれない。軽薄そうに見えて頭のいい子だ。勉強もできるし、頭の回転も速い。何をやらせてもそつなくこなす。

キャンバスに向かい合ったまま、中島は小さく肩をすくめた。

「当たり前でしょ。これでご飯食べてるんだから」

取り付く島もない態度というやつだ。それでも浩介は意にも介さず、ぐいぐい強引に押してくる。

モデルにしている石像にもたれかかり、

「先生は自画像とか描かねぇの？　俺、先生の絵だったら十万出しても……」

十代特有の、傲慢《ごうまん》を傲慢とも思わない言葉を、ため息でさえぎった。

「言ったでしょ。他に若くてかわいい子がいくらでもいるって」

「俺、ガキは興味ないんで」

中島はとうとう絵筆を止めた。にっこりと笑みを浮かべてみせる。傲慢に見えすぎないように、けれども子供に有無を言わせないように。

「奇遇ね。私もよ」

だから、あなたにも興味はない。

言いたいことは正しく理解してもらえたようで、浩介は絶句している。

中島は満足げに笑みを深めた。やはり彼は頭がいい。中島にとっては、あくまで「生徒」でしかないけれど。

＊

「矢取《やと》り入りまーす」

「おい、こらぁ一年！　声小せぇ‼　矢取りに入るときはもっと声出して行けぇ！」

放課後の弓道場《きゅうどうじょう》に浩介の怒声が響く。一年生の男子部員が「すいません！」と萎縮《いしゅく》している。

響《ひびき》はちーちゃんと二人、道具の手入れをしていたが、その声に思わず顔を上げた。ちーちゃんが声をひそめて耳打ちする。

「荒れてんね、浩介」

「うん」

確かに、的場《いば》に入るのは危険な行為だ。でも、一年生の子だっていちおう声はかけていたし、怒鳴らなくても注意はできる。そもそも浩介自身、普段は理不尽《りふじん》に怒るタイプではないから、ちーちゃんの言うとおり、虫の居所が悪いのだろう。

……とか思って見ていたら、その浩介本人が向こうからドカドカこちらに向かって歩いてきた。

「ったく……！」

「なーにイライラしてんのぉ？」

ちーちゃんが、聞くよ、という口調で言う。こういうところがちーちゃんはやさしい。

浩介はちーちゃんと響のあいだにドッカリと腰を下ろした。二人の肩に手を回して引き寄せる。内緒話の体勢だ。

「なあ、日曜の練習のあと、中島の家に遊びに行かね？」

「はぁ？　どうして中島の⁉」

ちーちゃんがあからさまに顔をゆがめた。なぜよりにもよって恋敵《こいがたき》の家に遊びに行かなくてはならないのか、と顔に書いてある。

だが、そこは浩介も心得ていて。

「職員寮だろ。関矢《せきや》も住んでんぞ？」

すかさず、ちーちゃんが「行きたい！」と手のひらをかえした。

「ねっ、響！」

「え……」

響は正直戸惑った。我関せずでいたけれど、二人が行くとなったら自分も一緒に行くことになる。

職員寮――独身の「先生」たちの家。
そこには、あの人も住んでいるはずだった。

＊

その週末の部活帰り、三人は制服に弓道具を背負った格好で、学校の職員寮へとやってきた。

ちーちゃんは浮かれて、くるくる回りながら、目を輝かせている。

「ねぇこれどっち？　こっち？　あっち？　奥？」

「……あっち」

あきれた顔をしながらも、浩介もまんざらではないようだ。

よく晴れた青空に映える真っ白なアパート。中島先生と関矢先生、二人の部屋のインターホンを押してみたけれど、どちらの部屋もしんとして反応はなかった。二人はあきらめきれないようで、裏側に回ってみたけれど、やっぱり部屋の窓は固く閉ざされている。

「あっれー？」

「ねー！　ここでいいんだよねぇ!?」

「あー、なんだいねぇのかなぁ？」

浩介がため息混じりに中島の部屋のベランダをのぞいた。ぴっちりと閉じられた窓はなんだか先生たちそのものみたいだ。整然ときれいな顔で、響たち生徒に踏み込まれることを拒《こば》んでいる。響は、「そのうち帰ってくるんじゃない？」と、あてのないなぐさめを口にした。

「関矢もいないみたい。もう！　せっかく来たのにぃ！」

ちーちゃんが、叫んで地団駄《じだんだ》を踏んだときだ。ガラッと上の部屋の窓が開き、ベランダの手すりから伊藤《いとう》先生が顔をのぞかせた。

適当な部屋着に寝癖《ねぐせ》がついた髪。眼鏡《めがね》の奥の瞳はつい今まで寝ていたのがわかる腫《は》れぼったさだ。いつもの清潔な近寄りがたさなんてどこにもない。

不機嫌な声で一言。

「うるせぇ」

（……！）

どきん、と胸が大きく跳ねた。

先生だけど、いつもの「学校の先生」じゃない、先生の顔。ちょっとだらしない、大人の男の人の、プライベートの顔だ。

響は無意識に、胸の前でぎゅうっと両手を握り締めた。

「お！」

「ごめん、先生。寝てたー？」

にこやかに言いながらも、ちーちゃんと浩介は遠慮がない。あれよあれよという間に、先生の部屋に上がり込んでしまった。もちろん、響も引き連れて。

「いやあ、すんませんね、先生。俺、ブラックで」

「先生、わたし紅茶がいい！」

伊藤先生の部屋のリビングで、二人はすっかりくつろいでいる。それぞれ勝手な注文をつける二人の横で、響は正座して部屋の中を見回していた。

ローテーブルにノートパソコン。そっけない液晶テレビ。部屋でひときわ目立つ大きな本棚《ほんだな》は、社会科準備室同様にびっしりと本で埋め尽くされ、床にまで本があふれている。やっぱり本が好きなんだ、と思った。

リビングから続く和室には洋服ラックが置いてあって、どことなくよその家の匂《にお》いがする。伊藤先生が、毎日寝て、起きて、生活している場所。

「全員、お茶」

苦々しい声とともに、先生がマグカップを四つ持ってキッチンから戻ってきた。なんで俺がこんなこと、と顔に貼り付けている。テーブルに置かれたカップは、見事に四つともバラバラのデザインだった。男の人のひとり暮らしってこんな感じなんだなぁと思う。

「えー」

ちーちゃんと浩介があつかましくブーイングすると、先生は不機嫌そうに顔をしかめた。

「いやなら水道水。……それより、何しに来たんだよ、おまえら」

「担任訪問でーす」と浩介が答える。

「おまえら、関矢先生のクラスだろうが！」

「やん、先生こわい～」と、ちーちゃんが唇をとがらせた。

「もしかして、彼女にもそういう態度なの？」

「関係ないだろ」

にべもない。が、ちーちゃんはその答えに飛びついた。

「えっ、嘘、彼女いんの⁉」

「んなもんいねぇよ。面倒くせー」

その言葉に、響は思わず顔を上げた。

（……先生、彼女いないんだ）

意外なような、言われてみれば、意外でもないような……。

「面倒くせー」という言葉が、ちくりと響の胸を刺す。彼女は面倒くさいと思わされるような何かが、過去にあったということだ。そして、うまくいかなかった。今彼女がいないということはそういうことだ。

どうして別れてしまったんだろう？　どうして「女は面倒くさい」と思うようになったんだろう？

想像すると、なぜだか胸が苦しくなった。まるで、自分を「面倒くさい」と切り捨てられてしまったみたいに。

社会科準備室で本を読んでいた、どこか物憂《ものう》げな横顔が脳裡《のうり》をよぎる。

そんな響の気持ちをよそに、恋バナが大好きなちーちゃんは、好奇心いっぱいに身を乗り出した。

「え。なにそれ、女嫌いってこと？　それって問題発言じゃなーい？」

もっと聞き出してやろうという気満々だ。

先生がうるさそうな顔で台所に逃げ込んだとき、外で車のエンジンの音がした。ちーちゃんが目を輝かせる。

「関矢、帰ってきた⁉」

玄関に駆け寄り、靴《くつ》を履《は》くのもそこそこに外階段を下りる。

「関矢せんせー！」

でも、ちーちゃんが笑顔だったのはそこまでだった。寮の前に駐められた車のほうを見て、唐突《とうとつ》に階段の途中で立ち止まる。彼女のあとを追っていった浩介も響も、ちーちゃんにせき止められるかたちで足を止めた。

「おまえらどうした？」

車で戻ってきたのはやっぱり関矢先生だった——彼一人ではなかったけれど。メタリックオレンジの関矢の愛車の助手席側には、中島先生が立っていた。きれいにお化粧《けしょう》をした、大人の女の人。今、車から降りたばかりなのは確かめるまでもない。

「関矢先生……」

ちーちゃんが呆然《ぼうぜん》と呟《つぶや》く。

「……先生方、つきあってんの？」

浩介が二人を睨《にら》み付けるようにして、とがった声できいた。

「何言ってるの。ちょっと送ってもらっただけよ」

中島はなんでもない顔をとりつくろい、にっこりとほほ笑む。

その視線が一瞬、浩介たちからそらされ、遅れて出てきた伊藤先生を見た。あきらかに「しまった」という顔になる。

けれども、次の瞬間には、中島はなんでもない顔で、視線を浩介たちに戻した。

「あなたたちも、関矢先生に送ってもらったら?」

「えっ」と声を上げたのは、いきなり話をふられた関矢だ。

有無を言わせぬ笑顔で、中島は言った。

「お願いしますね。大事な生徒たちですから」

あからさまに「生徒」を強調されている。関矢に頼んでいるようでいて、本当に聞かせたい相手は違うのだ。「あなたたちは生徒だからやさしくしてもらえるのよ」――そう響たちに釘を刺し、伊藤先生には「関矢先生とはなんでもありません」と言外に伝える。したたかな女性のやり方だった。

浩介は憮然《ぶぜん》とした。

「いいよ、べつに。帰ろうぜ」

そう言い放つと、荷物を取りに外階段を上がる。

「あ、待ってよ。浩介!」

慌ててちーちゃんがあとに続いた。

響は戸惑い、二人の背中と、二人の先生を見比べた。

よく晴れた日曜の午後。大人の男の人と女の人が、車で一緒にどこかに出かける……それって、つきあっていなくても普通なんだろうか。同じ寮に住む同僚だったらおかしいことじゃないんだろうか？

響にはよくわからない。大人の恋なんてわからない。響だって、ちーちゃんと浩介と、三人で一緒に買いものに行ったり、時には浩介を部屋に上げたり、逆に浩介の部屋に上がったりもするけれど、でも、先生たちのそれは、なんとなく、自分たちのそれとは違うような気がした。

「彼女は面倒くさい」と言う伊藤先生。二人で一緒に出かけても、「つきあっていない」と言う中島先生と関矢先生。

わからない、と思いながら、響もちーちゃんと浩介のあとを追った。

【5】

翌日、関矢《せきや》先生はどことはなしに不機嫌だった。

三角関数の説明を聞きながら、邪魔してしまったのかな、と思う。

……邪魔だったんだろう、たぶん。先生でもプライベートなことで不機嫌になったり、イライラしたりするんだなぁと思った。大人げない。とは思うけれど、先にプライベートにズカズカ踏み込んだのは響《ひびき》たちのほうだ。

ぼんやり考えをめぐらせながら説明を聞いていたら、隣の席のちーちゃんが、こっそりメモを差し出してきた。

丸くてかわいい、ちーちゃんの字で、

『日曜日に、二人で出かけるなんて。絶対絶対あやしいよね』

文末に泣き顔マークが描いてある。

響は少し考えて、関矢の目を盗み、空いたところに返事を書いた。

『なんで先生なんて好きになるの？』

渡すと、ちーちゃんはびっくりしたような顔でこちらを見た。

しばらくして、またメモがやってくる。

『ええ？　どうしてそんなことをきくの？』

『だって、両想いになれる確率低いじゃん』

響のコメントを読んだちーちゃんが、う、と涙目になった。慌てて身を乗り出して、

「生徒よりは、ってこと！」と、小声でフォローしようとする。でも、ちーちゃんは泣き止まない。響は慌てた。

「ちーちゃん。ちーちゃん……」

「こらそこ！」と厳しい声が飛んだ。びくっと肩を震わせる。関矢先生が、眉《まゆ》を吊りあげてこちらを見ている。

「島田《しまだ》か、おまえ立て！」

「え……はい！」

響はおずおずと立ち上がった。ちーちゃんがハラハラ、不安そうな顔で、響と関矢のあいだで視線を往復させている。

関矢はヒステリックに響をとがめた。

「テスト近いのにおまえ、たるんでるぞ。一三三ページの練習問題全部！　放課後残ってやって、オレんとこ見せにこい！」

あまりにも厳しい指示に、響は「え⁉」と困惑した。

「返事は？」

「……はい」としか、答えようがなかった。

＊

そんなわけで、その日の放課後。響は一人教室に残り、数学の問題を解いていた。自慢にもならないけれど、数学は得意じゃない。はっきり言って苦手科目だ。教科書を開いていても、正直どうやって解けばいいのかわからない。時間ばかりが過ぎていく。

十月の太陽は、響を置き去りにするように、さっさと町の向こうに沈んでいった。

「ん……」

手元が見えづらくなって、教室が暗くなっていることに気付く。

――と、唐突《とうとつ》に教室の電気が点けられた。

「！」

一瞬まぶしさに目がくらむ。

(誰?)

「何やってんだ?」

「……え」

教室の入り口に立っていたのは伊藤《いとう》先生だった。眉を寄せた、あからさまに不審そうな顔。わかった瞬間、鼓動が跳ねる。

「あの……関矢先生に残されて。今日中に、このページやって見せにこいって」

授業中の私語で残されているなんて、先生に知られたらどう思われるだろう。そう考えたら、説明がしどろもどろになる。

響の言葉に、先生は少し考えるような間を開けて、いぶかしげに言った。

「関矢、帰ったぞ?」

「え! うそ……」

そんな。それって、置いて帰られたってこと? じゃあ、今やってるこの課題はどうしたらいいんだろう――。

困惑する響に、伊藤先生も少し困った声で言った。

「適当に切り上げて、あとは家でやれ」

「で、でも……」

ためらいつつも、響は首を横に振った。

「はいって言っちゃったし……終わるまで、帰れない、です」

「関矢は帰ったのにか？」

思わずうつむく。

伊藤先生の顔も口調も、ものすごくあきれているのがわかる。融通《ゆうずう》のきかない、バカで頑固な困った生徒。そう思われているんだろうなって、言われなくても伝わるくらい。

でも、やがて先生はふっと小さく息をついた。しょうがないなというように。

それから響のところまでやってくると、前の席に後ろ向きに座り、手を差し出した。

「……？」

「見せてみろ」

「先生、数学わかるの？」

びっくりした。先生、世界史担当なのに。

「おまえや千草《ちぐさ》よりはマシ」

ぐ、と詰まった。上目遣いにおどおどとたずねる。

「……成績知ってるの？」

「世界史の成績から考えりゃ、だいたいの予測はつくだろ」

伊藤先生はどこまでもクールだ。「ん」とさらに催促《さいそく》され、教科書とノートを差し出した。教科書の問題に目を通し、先生がペンを取り上げる。すらすらとノートにペンが走りだす。

「えっ、速い……！」

もう一度、驚いた。

世界史――社会科の教師なのだから、伊藤先生だって文系だ。大学を出て、教師になって……今何歳なのか知らないけれど、高校の数学なんて、そんな、卒業後いつまでも覚えているものなのだろうか。現役《げんえき》の今でさえわけがわからないと思っている響には信じられない速さで、先生は問題を解いていく。

思わず「すごい！」と声を上げた。

響のはしゃいだ声に、伊藤先生はニヤッと笑った。眉を上げ、ちょっと意地悪そうに、得意そうに――でも、とても、とても魅力的に。

笑いながら、先生は自分のこめかみを人差し指でトントンと叩いた。

ここの出来が違うんだよ。

冗談めかしたジェスチャーに、目を丸くする。思わず笑ってしまいながら、やさしいなあと思った。

（伊藤先生は、とてもやさしい）

無愛想で、ぶっきらぼうで、近寄りがたく見えるけれど、本当はとても、とてもやさしい——。

——んなもんいねぇよ。面倒くせー。

唐突に、昨日の台詞《せりふ》を思い出した。

本心から言っているのがわかる、彼女なんていらないと言わんばかりの口調だった。まるで自分が「いらない」と突き放されたように感じた、あの一言。

あの言葉を口にした伊藤先生と、目の前の先生がうまく一致しない。

「……なんで、やさしくしてくれるんですか？」

気が付いたら、口走っていた。

「ん？」

「女は面倒くさくて嫌いだって……。素直で、言うことよく聞く生徒だからですか？」

言いながら、あれっと思う。

（なんでわたし、こんなこと言ってんだろ？）

まるで心と体がバラバラに動いているみたいだった。

　先生はやさしいと思う心と、うらはらに、彼を責めるみたいな言葉。頭ではだめだとわかっているのに、一度あふれ出した言葉はなかなか止まらない。

「担任でもないんだし、やさしくしてくれなくていいです」

　気がつくと、先生は怒ったのか、眉間《みけん》に指をあてて顔を伏せていた。

　ハッと我に返ると同時に血の気が引く。

「あ……っ、ご、ごめんなさい！　え、あ、めん、面倒くさいこと言っちゃった……！」

　慌てて謝ってから、ふと先生のようすがおかしいことに気付いた。うつむいたまま、ふっと小さな息が漏《も》れる。ため息とかじゃなく、こらえきれない笑いが漏れたみたいな。

　やがて、くくく……と彼の肩が小さく震えた――やっぱり笑っている。

「え……どうして笑うんですか？」

　たずねると、先生は顔を上げ、おかしそうに笑いながら言った。

「おまえのどこが、素直な良い生徒だ？」

「え？」

「勝手に下駄箱《げたばこ》はのぞくし、間違えて他人《ひと》の手紙入れるし、休みに人が寝てるとこ押しかけるし」

「……」

改めて数え上げられると恥ずかしい。言葉に詰まってうつむく響を、伊藤は目を細めて見つめた。

「……ま、素直ってとこだけは合ってるかもな」

それは、小さな小さな呟《つぶや》きだった。だから、響の耳には届かなくて。

「……え?」

きき返したけれど、先生はふっと笑ってごまかした。教科書とノートを響に向かって差し出して。

「ほら、さっさと終わらせるぞ」

「あ……」

「ん」

「……ありがとうございます」

渡されたペンを受け取る。

「はい、4－1」

「はい」

ノートに向かいながら、響はそっと先生を盗み見た。真剣な表情で教科書を開き、眼鏡《めがね》を押し上げている。

自分ときちんと向き合ってくれる彼の姿を、響はまぶしいような気持ちで見つめた。

*

伊藤先生のおかげで、居残り勉強はスムーズに終わった。とはいえ、もう夜七時。外は真っ暗だ。先生は当たり前の顔で、「送っていく」と言った。

彼の愛車の助手席で、響は少し緊張していた。

「あの、ありがとうございます。送ってもらっちゃって……」

「また勘違いで怪我《けが》されても困るしな」

さらっと意地悪で返されて、「すいません」と小さくなる。最近、伊藤先生には格好悪いところばかり見られている。恥ずかしい。

伊藤先生の愛車は、全体的に角張った古い外車だった。運転席は左で、助手席が右。スマートフォンをナビ代わりに、夜の町を駆けていく。

カーラジオからは野球のナイター中継が流れていた。シーズン終盤、響は野球のことはわからないけれど、そろそろ優勝が決まる頃らしい。どちらのチームが勝っているのか、先生が舌打ちし、「くっそー」と漏らしてハンドルを叩いた。

（野球好きなんだ）

夢中になっちゃって子供みたいだ。昨日から、プライベートの姿を少しずつ見せてもらっている。それがちょっとくすぐったくて、うれしい。

会話はなかったけれど、居心地は悪くなかった。そんな時間に割り込んできたのは、スマートフォンの着信音だった。

ダッシュボードに置かれた先生のスマホに、メールの着信を告げるメッセージが浮かぶ。

「中島《なかじま》先生」。送信者の名前を目にした瞬間、響は我知らず息を呑《の》んだ。

『お話ししたいことがあります』

地図の上を流れていくショートメールを、いけないと思いながらも読んでしまう。

『明日の放課後、美術室まで来ていただけ……』

先生はちらりとそちらに目をやり、まるで何もなかったかのように、さりげなくスマホを手に取ってポケットへしまった。響の目から中島を隠そうとしているようで、胸に苦いものが広がる。

ラジオがにぎやかにゲームの展開を告げている。

さっきまで居心地の良かった沈黙は、今は息苦しいくらいだった。

＊

翌日の放課後、響は人気《ひとけ》のない廊下《ろうか》から、こっそり美術室をのぞき込んでいた。昨日のメールが気になって、じっとしていられなかったのだ。

――放課後、美術室まで来ていただけ……。

中島先生からの呼び出し。同僚として用があるなら、あんな呼び出し方はしないと思う。わざわざ職員室外の、自分のテリトリーに呼びつけるのは、他人に聞かれたくない話があるからだ――それって、どんな？

気になって気になって、こうして来てしまったけれど、うしろめたい気持ちはぬぐいきれない。こわばった表情で美術室をのぞいていると、背後から「なにやってんの？」と声をかけられた。飛び上がる。

「浩介《こうすけ》⁉　なんでここに？」

「なんでって、そりゃ……中島いるかな〜って」

そこまで浩介が答えたとき、階段から足音が聞こえてきた。

「ちょちょちょ……！」

慌てて浩介の首根っこを引っ張り、美術室に飛び込む。

「お、おい？　おいおいおい、ちょっと待てって……！」

わけがわからないという顔の浩介を画材の棚《たな》の陰に押し込み、自分もそこに身を潜めた。

「おまえ、なに……」

文句を言いかけた浩介が、ガラッと響いたドアの音に気付いて口をつぐむ。誰かが美術室に入ってきた。画材の陰からそっとうかがう。中島先生だ。声をかけようとする浩介をとっさに押さえ込む。

中島先生は黒板の前で立ち止まった。髪をかき上げたり、撫《な》で付けたり、そわそわと落ち着かない。

しばらくして、今度は伊藤先生が入ってきた。黒板の前で向かい合う。

「すみません。こんなところに呼び出してしまって……」

改まった口調で中島が切り出した。響たち生徒の前では、いつもいやみなくらい余裕なのに、今は少し緊張した面持《おもも》ちだ。

「いえ。どうかされましたか？」

対する伊藤はいつもどおりだった。中島みたいな美人を前にしても、無愛想でそっけない。

中島はひるんだように目を伏せた。何からどう切り出そうか、迷っているようだった。

「……最近、関矢先生からよくお誘いを受けるんです」

「関矢？」

予想していた話題と違ったのだろう。伊藤が意外そうにきき返す。

中島は頷《うなず》いて話を続けた。

「そのたびに断るのも申し訳なくて……。先生から、関矢先生に言っていただけないですか？」

「え」

（あ、「面倒くさい」って思ってる）

返事に困っている伊藤を、中島は思い詰めた顔で見上げた。挑むような声と表情だった。

「私、気になる人がいて。その人に誤解されたくないんです」

伊藤は、眉《まゆ》をひそめてため息をついた。

「……俺と関矢のつきあいもありますし、さすがに俺が口を挟むことはできませんよ」

話と一緒に視線をそらす。中島はそれを許さなかった。

「本気でそれ、言ってます？　気付いてますよね、伊藤先生。私の気持ち」

（！）

響の喉《のど》がひゅっと鳴る。浩介も同じだった。息を呑んでなりゆきを見守る。

伊藤が口を開いた。

「すみません。正直、今は仕事のことで手いっぱいで……」

びくりと中島が肩を揺らす。

けれども彼女は大人だった。きれいな、少し困ったような笑みを作り、首をかしげて伊藤を見上げた。

「やだな。これ、断られてます？」

「……そういうことに、なりますかね」

聞いているこちらの胸が痛くなる。

人を好きになるということ。「好き」の気持ちを伝えること。相手に受け取ってもらうこと。自分を好きになってもらうこと——単純なようで、とても複雑で、勇気がいって、せつない。

はじめて目《ま》の当たりにした告白と、人がふられる瞬間に、響は言葉を失った。

「……」

中島は何かを飲み下すようにうつむき、唇を引き結んだ。

けれども、次に顔を上げたときには、彼女はもういつもどおり、大人の顔に戻っていた。

プライドの高い人なのだ。

「忘れてください。仕事に支障が出たらいやですし」

それが強がりだと、たぶん伊藤にはわかっていた。彼が気付いていることを、きっと中島も知っていた。だけど、二人は大人だった。擦り合わせができない気持ちは、見て見ぬふりするのがマナーだ。

伊藤は「わかりました」と頷いた。「それじゃ、失礼します」

「ええ、お疲れさまです」

軽く頭を下げて、伊藤が美術室から出て行く。

残された中島先生は少しうつむいた。他人に涙を見られることも、なぐさめられることも拒《こば》むみたいに。

浩介がハッと息を呑む。

やがて中島は顔を上げ、もう一瞬もこんな場所にいたくないというように美術室から出て行った。

その背中を追うように、浩介が棚の陰から飛び出そうとする。

「伊藤、あの野郎！」

「浩介！　だめ‼」

響は慌てて追いすがった。両手で彼にしがみつく響を、浩介はがむしゃらに振りほどこうとする。

浩介は怒っていた。自分が好きな人が、好きな人にふられたのだ。喜んでもいいはずなのに、浩介は我を失うほど憤《いきどお》っていた。

「離せって！　伊藤殴《なぐ》ってくる！」

「だめ！　絶対ダメ！」

「なんでだよ⁉　伊藤が……」

さえぎって、響は叫んだ。

「殴ったら殴る！」

「あ⁉」

思わずといったようすで、浩介が振り返る。響を険しい表情で睨《にら》み付け——言葉をなくした。唖然《あぜん》としてこちらを見ている間抜け面《づら》を、響は泣きそうな気分で睨み返す。

「伊藤先生殴ったら、浩介殴る‼」

響の剣幕にあっけにとられていた浩介が、やがて呆然《ぼうぜん》と口を開いた。

「……響。もしかして、おまえ……」

——予感がした。

今まで、言葉にしてこなかった淡い気持ちが、浩介の声で輪郭《りんかく》をもつ。名前の付いた感情になる。そんな予感。

それでも、涙でにじむ視界をこらえ、震える唇を引き結んで、響は浩介の言葉を受け止めた。

「……伊藤のこと、好き？」

【6】

「整列！」

凛《りん》とした声が弓道場《きゅうどうじょう》に響く。部長の浩介《こうすけ》を中心に並んだ、響《ひびき》たち南《みなみ》高校弓道部員と対面するかたちで、北《きた》高校の弓道部員たちが姿勢を正した。

「北高の体育館工事にともない、弓道場が使用できなくなったため、南高の道場を使わせていただくことになりました」

北高部員の前に立ち、あいさつしているのは、部長の藤岡勇輔《ふじおかゆうすけ》だ。涼やかな顔立ちと、見ているこちらの背筋が伸びるような立ち居ふるまいに、南高の女子部員たちは浮き足立っている。

「しばらくのあいだご迷惑をおかけしますが、よろしくお願いします。礼！」

藤岡の号令に、北高一同が「よろしくお願いします！」と唱和《しょうわ》して頭を下げた。藤岡を筆頭に、整然とそろった印象だ。

それは練習でも同じだった。きちんと射形のそろった北高部員たち。中でも、藤岡の射《しゃ》はきわだって端正だ。その姿を盗み見ながら、南高の女子部員たちが「あの部長の藤岡って人、一年でインターハイ出てた人だよね？」と噂《うわさ》している。

聞くともなしに聞きながら、響は交替して的前《まとまえ》に立った。

矢をつがえる。的を見据える。引き分けて放つ瞬間、浩介の声が耳によみがえった。

――もしかして、おまえ……伊藤《いとう》のこと、好き？

響の矢は大きく的を外れて落ちた。

＊

「えーっ。響が伊藤先生を好き!?」

叫んだ千草《ちぐさ》の大声に、浩介はぎょっとした。

「ば……っ！　声でけぇよ！」

慌てて彼女の口をふさぎ、きょろきょろと、あたりに人影がないことを確かめる。

こっそり部活を抜け出して、浩介と千草は渡り廊下《ろうか》で内緒話をしていた――はずなのだが、この大声だ。千草に悪気はまったくないし、実際悪いやつでもないのだけれど、残念ながら、秘密を共有するには絶望的に向いていない。とにかく素直過ぎるのだ。

他人に聞かれてはまずい話だとようやく理解したらしく、千草も今更ながら声をひそめた。

「でも、言われてみれば納得……」

千草の呟《つぶや》きに顔をしかめる。浩介にとって、伊藤は好きな人の告白を断って泣かせた憎き恋敵《こいがたき》だ。

「あんなぶっきらぼうなのの、どこに惚《ほ》れたんだろうな」

「そういうの、一言じゃ言えないもんでしょ。浩介だって、中島《なかじま》のどこが好きか言える？」

「顔……って！」

即答したら、思いっきり蹴《け》られた。しかも、一回じゃなく何回も。ガスガス遠慮《えんりょ》ない力で。

「男のクズだっ。悪魔だー‼」

「正直で何が悪《わり》ぃんだよ！」

——と、

「邪魔なんだけど」

冷ややかな声があびせられた。藤岡だ。

千草は慌てて渡り廊下の端に寄ったが、浩介は彼を睨み付けた。あいにく、伊藤を殴り損《そこ》なってむしゃくしゃしている。

「邪魔ってよ。こっちの弓道場、間借りしといてその台詞《せりふ》か？」

やつあたりのぶんも上乗せして言い返すと、藤岡はバカにしたように息をついた。

「誰が教師を好きとか、どうでもいいけど。こういう場に持ち込まないでくれるかな」

その言葉にハッとした。聞かれていたのだ。響と伊藤の名を大声で叫んだ当の千草も青ざめている。

藤岡は自分の荷物からタオルを取り出すと、弓道場へと戻っていった。

「き、聞かれた……ど、どうしよー!?」

千草はうろたえ、藤岡の背中と浩介と、視線を往復させている。浩介は眉間《みけん》に皺《しわ》を寄せたまま、藤岡の去っていったほうを睨んだ。

「まあ、学校違うし、大丈夫だとは思うけど……。おまえ、正直に響に言って、謝っとけよ」

千草は「えええ」と頭を抱えた。

＊

その日の帰り道、響はいつものようにちーちゃんと二人、通学路を歩いていた。まだ日が暮れてしまう前、夕焼けまであとちょっと。大きな橋にさしかかったところで、路面電車が走ってきて、二人を追い越していく。

「北高真面目《まじめ》すぎ！　練習、手ぇ抜けないっていうか〜」

唇をとがらせて、ちーちゃんがぶつぶつ言っている。響も苦笑で頷《うなず》いた。

「まあ、もうすぐテスト期間だから。部活も休みになるし……」

ちーちゃんも響も弓道は好きだし、そこそこ真面目に取り組んでいる。でも、藤岡率《ひき》いる北高弓道部の熱心さはその比ではなかった。確かにちょっと息苦しいかなぁと思う。

他愛《たわい》ない話をしながら、夕焼け色が混ざりはじめた川の上を渡っていく。十七歳の秋も盛りだ。

ちらちらと、何か言いたげにこちらを見て、ちーちゃんがおもむろに口を開いた。

「あ――のさぁ、響」

いつもはわかりやす過ぎるくらいわかりやすいちーちゃんだけど、今はずいぶん口が重そうだ。響は「ん？」とうながした。

「えっと……、伊藤のこと？　なんだけどぉ……」

言いにくそうに切り出されて、息を呑《の》む。

「伊藤先生が、どうかした？」

見返すと、ちーちゃんは慌てたように続けた。

「あっいや……そう！　テスト前と期間中！　伊藤ってずっと学校に泊まり込んでんだって！　勉強見てくれるらしくて！」

「へぇ」

「社会科準備室、もはや自宅と化してるもんねぇ。おまえらどうせ授業なんてろくに聞いてないだろって」

ちーちゃんは少し遠い目をして川面《かわも》のほうへ目を向けた。

「……伊藤ってさ、意外に生徒思いなとこ、あるよね」

「うん。意外……」

頷きながら、響もちーちゃんの視線を追う。

きらきら、夕日が川面に反射してきれいだった。ちーちゃんの顔も、響の顔も、夕焼け色に染まっている。

「意外、だった、けど……」

でも、伊藤先生は、変質者に追いかけられたと勘違いして抱きついた響を抱き締めてくれた。頭を撫《な》でてくれた。怪我《けが》の手当てに病院まで付き添ってくれた。渡されたいちごオレは、子供扱いの象徴みたいだったけど。

格好いいばかりじゃないと知っている。ベンチで居眠りしてホームルームに遅れたり、休みの日にはボサボサの頭とだらしない部屋着で昼間まで寝ていたり。でも、突然家に押しかけたのに、響たちを部屋に上げてくれ、お茶までごちそうしてくれた。

関矢《せきや》先生に居残りさせられたとき、最後までつきあってくれたのも伊藤先生だった。当然のように車で家まで送ってくれて――。

――面倒くさい。

伊藤先生が彼女なんていらないと思っているのは知っている。あんなにきれいで完璧《かんぺき》な大人の女の中島先生でもダメだった。響なんてもっとダメに違いない。だって、先生と生徒だし。大人と子供だし。相手にされないのなんて知っている。知っている、けど。……でも。

不意に、響の脳裡《のうり》に、伊藤先生の声が響いた。

『おまえが未来に出会う災《わざわ》いは、おまえがおろそかにした過去の報いだ』――あとで後悔《こうかい》したくなかったら、今をおろそかにするな。

「どうしたの？」

黙り込んでしまった響の顔を、ちーちゃんが不思議そうにのぞき込んでくる。

響はバッと顔を上げた。

「ごめん！　重要なこと思い出した！」

叫ぶが早いか、来た道を駆け出した。

「えっ、え、ちょっと、あ、響!?」

ちーちゃんの戸惑い声が、響の背中を追いかけてくる。

それでも響は振り返らなかった。

＊

夕暮れの通学路を全力で駆け、学校まで戻ってきた。上履《うわば》きに履き替え、社会科準備室まで駆け上がる。ドアに手をかけ、開け放つ。

窓の外の大きな夕日が、室内をオレンジ色に染め上げて、こわいくらいにきれいだった。

本棚《ほんだな》を回り込んでみたが、誰もいない。鍵《かぎ》はかかっていなかったから、まだ誰か残っているはずなのだけれど――。

　肩で息をしながら見回して、

「あ」

　見つけた。

　本棚の谷間の小さなソファ。伊藤先生は、左腕を枕にして、大きな体を無理やり押し込めるように眠っていた。

　窓の外、グラウンドからは、遠く、部活の声が聞こえてくる。けれども、オレンジ色に満たされた部屋の中は、時間が止まったようだった。

　響は息をひそめ、そうっとソファに近づいた。しゃがんで、先生の顔をのぞき込む。眼鏡《めがね》をはずした伊藤先生の寝顔は、ハッとするほどきれいだった。長い睫毛《まつげ》の先に、オレンジの光が溜まっている。キラキラ光って、宝石みたいだ。

　こんなところでうたた寝なんて、先生、疲れているんだろうか。起こしてはいけないような気がして、でも、今すぐ起きてこちらを見てほしい気もして、ためらう。

「ん……」

　響の視線に気付いたように、伊藤先生がゆっくりと目蓋《まぶた》を上げた。体を起こし、ローテーブルから眼鏡を取り上げる。

響の顔の上で、彼の目が焦点を結んだ。

「……島田《しまだ》……？」

名前を呼ばれたら、もう止まらなかった。

「先生！　ききたいことがあるんです！」

「ああ、テストの……」

勢い込んだ響の言葉に、先生はまだ少し眠そうに頷いた。ふわぁと大きく伸びをする。

先生の顔をまっすぐに見上げて、響は言った。

「好きになっても、いい？」

口から飛び出したのは、告白にすらなりきれない、そんな言葉。

先生の表情がぴくりと変わる。眼鏡の奥の黒々とした瞳が、響の真意を確かめるみたいにこちらを射貫《いぬ》く。

響は正面からそれを受け止めた。瞬きもせず、呼吸も止めて。きちんと答えてくれるまで目をそらさない。そんな気持ちをこめて。

オレンジ色の光の中で、時間が止まる。ドキドキ、心臓が痛いくらいに鳴っている。

一瞬のようで、とても長い時間みたいにも感じた沈黙を、伊藤先生はあっけない一言で終わりにした。

「俺はやめとけ」

にべもない。だけど、そう言われるのはなんとなく想像していたから、落ち込む代わりに響はきいた。

「どうしてですか？」

「俺が教師で、おまえが生徒だからだ。以上」

当たり前で、ありきたりな答え。でも、それは、響が彼を好きでいることを否定する理由にはならないんじゃないかと思う。

「ただ、好きでいるのもだめですか？」

食い下がる響に、先生は「あのな」と、あきれた顔になった。つきあえない。気持ちを受け取ってもらえない。それがわかりきっている相手を好きになるなんて無駄だとでも言いたそうに。

彼が否定的なことを言い出す前に、響は、ここぞとばかりに、あの言葉を引き合いに出した。

「『おまえが未来に出会う災いは、おまえがおろそかにした過去の報いだ』」

——あとで後悔したくなかったら、今をおろそかにするな。

つい先日、先生が世界史の授業で引用した言葉。

先生の瞳がハッと揺れる。響は少しの表情の変化も見落とすまいと、食い入るように彼を見つめて言葉を探した。

「先生に、授業で教えてもらったナポレオンの言葉……。なんかちょっとこわいけど。でも、あれって、未来のために今を真剣に生きろってこと、ですよね？」

生徒として、先生の言葉をちゃんと聞いている。ちゃんと意味を考えている。そのアドバイスにしたがって今、ここにいる。

だから、お願い。

「わたし、未来で後悔したくないんです！　だから……あの、えっと……世界史のテストで九十点以上取ったら！　好きになってもいいですか？」

返事は、すぐには返ってこなかった。

とろりとした、オレンジ色の光の中。先生は、あっけにとられた表情で響を見つめ——それから、思わずといったように噴き出した。あの大きな手で口許《くちもと》を覆《おお》って、あきれたように、でも、しょうがないなと言うように。

「……おまえ、このあいだのテスト、何点だったか覚えてるか？」

思いがけない指摘に顔を赤らめ、響は視線をさまよわせた。

「あ……えっと、五十六点……」

九十点なんて無謀《むぼう》だと思われているのだろう。でも、今度は「だめだ」とも「やめとけ」とも言われなかったから。

「でも！」と、立ち上がる。姿勢を正し、ぺこりと頭を下げた。

「わたし、頑張ります！」

言った者勝ちとばかりに、社会科準備室から飛び出した。「おい！」と先生の声が追いかけてくるのにも振り返らずに。

だから、響は知らないのだ。

来たとき同様、唐突《とうとつ》に駆け出していく響の背中を、先生があっけにとられたように見ていたことも。

そのあと、ふと伏し目がちに、やさしい笑みを浮かべたことも。

【7】

翌日の放課後、響《ひびき》はちーちゃんと浩介《こうすけ》と三人で、階段の踊り場で話していた。

昨日、下校中に突然置き去りにされたちーちゃんは、当然何があったのか知りたがったし、響も誰かに話を聞いてほしかった。呼んだ覚えはないけれど、当然のように浩介もついてきた。

昨日、学校に戻ってからのことを話すと、ちーちゃんはマスカラに縁取《ふちど》られた目を見開いて叫んだ。

「ちょちょちょ……っ、え、なにそれ、告白みたいなもんじゃん……！」

あいかわらず声が大きい。

響はあたふたと周囲を見回したが、ちーちゃんはちーちゃんで頭を抱えている。

「待って、急展開過ぎて頭ついてかない……で、どうなったの⁉」

（あっ、それ、きいちゃうんだ）

とは思ったけれど、そういうちーちゃんだからこそ、内気な響も気兼ねなくつきあえるのだ。

苦笑して答えた。

「だめって言われた」

とたんに、じわっと、ちーちゃんの目に涙が浮かぶ。浩介は、「まあ、な」と、したり顔で頷《うなず》いた。

響の気持ちに共感してくれるちーちゃんと、へたなぐさめは言わない浩介。二人ともやさしいなぁと思う。

気が付いたら、自然に笑っていた。

「でもね、笑ってくれて……。なんかよくわかんないんだけどね？」

言いながら、昨日しょうがなさそうに笑っていた、伊藤《いとう》先生の顔を思い出した。胸の奥があたたかくなる。はっきりふられたはずなのに、今はすがすがしい気持ちだった。

「……わかんないんだけど、わたし、なんだか気持ちいいの」

二人には強がりに聞こえたかもしれない。だけど、その言葉に嘘はなかった。

はじめて人を好きになった。

好きな人に、曲がりなりにも自分の気持ちを伝えられた。

気持ちは受け取ってもらえなくても——好きになってもらえなくても、好きでいることは許してもらえるかもしれない。

それだけだって、響にはうれしいのだ。

＊

それから響は世界史のテスト勉強に打ち込んだ。目標は九十点。勉強は得意ではないけれど、今回ばかりはそうも言っていられない。

家で真面目《まじめ》に机に向かうのはもちろん、休み時間の教室でも、寸暇《すんか》を惜しんでノートや教科書を開いた。教室移動のときだって、部活に行くときだって、世界史の単語帳をめくりながら歩く。

「……でもさぁ、フられたってことでしょ？」

言いにくそうに、ちーちゃんが言った。

「それってもうダメってことなんだよ？　わかってる？」

努力をしても、先生は響の気持ちを受け取らない。響を好きになってはくれない。わかっている。わかっているから、「うん」と頷く。

だけど、これは、自分の気持ちのためだから。

階段を下りつつも、単語帳から目を離そうとしない響に、ちーちゃんはあきれたように口をとがらせた。

「もう、全っ然わかってない」

ちーちゃんがそう呟《つぶや》いた直後だった。「あ！」というちーちゃんの声とほぼ同時に、響はドンッと何かにぶつかった。

「きゃ⁉」

バランスをくずして転びそうになる。単語帳に集中しすぎて、前をよく見ていなかった。ぶつかった相手が、とっさに響を支えてくれる。

（あ）

伊藤先生。

――と、彼の顔を見て思った瞬間、パキッとお尻の下で音がした。

何かを押し潰した感触と、眼鏡《めがね》のない先生の顔。ぶつかった相手の顔も見えないらしい彼のようすに、いやな予感が湧き起こる。

おそるおそる上げたお尻の下、割れて曲がった眼鏡を取り上げ、響は「あちゃー……」と呟いた。

＊

「あ！　ここ段です」

響が言うと、伊藤先生は響の肩につかまったまま、「ああ」と睨《にら》み付けるみたいに足元を見下ろした。

「目、そんなに悪いんですね」

先生はそうとう目が悪いらしく、眼鏡がない今は足取りすらおぼつかない。家にスペアの眼鏡があるとは言うものの、一人で帰したら電柱にぶつかるか、電車のホームから落っこちるか……当然、車の運転なんてできるわけもない。

そんなわけで、響は自分が壊してしまった眼鏡の代わりに、先生を肩につかまらせ、誘導しながら、校門前の道を歩いているのだった。

最寄《もよ》りの路面電車の電停《でんてい》まで来ると、先生は「ここまででいい」と言い出した。

「あとはなんとか……」

「いえっ、送らせてください！」

皆まで言わせず、身を乗り出す。

「先生は、わたしがちゃんと守りますから！」

「守るって、おまえ……」

対する先生はあきれ顔だ。十歳ほども年下の女の子、しかも生徒、ついでに言うなら階段でぶつかって助けた相手に「守る」なんて言われたのだから当然だ。

でも、響は本気で使命感に燃えていた。先生を無事に自宅まで帰さなくては！

「あ、来ました！」

遠くから、車のあいだを走ってくる電車を見つけ、「おーい」と大きく右手を振る。そんな自分を、先生がどんな目で見つめているかにも気付かずに。

やってきた電車は、学校帰りの中高生や、買いもの帰りの奥様方で満員だった。乗り込んだはいいけれど、車内で移動するのも難しい。しかたなく、乗り口付近に並んで立った。

（……近い）

トクトク、駆け足で騒ぎ出した心臓の音が、先生に聞こえてしまいそうな距離だ。なんとか離れようとする。と、運転手から注意されてしまった。

『ドア付近のお客様は、危ないですからドアから離れてお待ちください』

「おまえだろ」

そう言って、先生が響の肩を抱き寄せる。

（わ、わ、わ……！）

ほとんど抱き合うような距離に、響は硬直した。

路面電車が揺れるたび、体のどこかが触れ合って、そのたびに先生を意識する。顔が熱い。きっと真っ赤になってしまっている。背の高い先生と並ぶと、響の頭は彼の胸のあたりで、正面から顔を見られずにすむのは救いだった。ちらりと見上げた先生は平然としていて、気持ちの差を見せつけられる。

「……あ」

先生が周りの混雑からそれとなく自分を遠ざけてくれていることに、響は気付いた。

（守られてる）

わたしが守るって言ったのに。

こんなふうに腕の中に囲われて守られるのは、これで二度目だった。

一度目は、変質者に追いかけられていると思い込み、先生の胸に飛び込んだとき。あのとき感じた予感は、きっと恋に落ちる予兆だったのだと今はわかる。

あのときも今も、伊藤先生の言葉にしないやさしさはわかりづらくて、不器用で、だけど、だからこそ、気付いたときには、とても、とてもうれしかった。

ガタゴト、電車が揺れている。まるで響の気持ちみたいに。小さく、絶えず、音を立てて。


早く職員寮に着いてほしい。でも、もう少しだけこうしていたい……。

やがて二人が職員寮に着いたときには、陽はすでに沈みかけていた。街灯の明かりに、白いアパートが浮かび上がるように建っている。

「さすがにもう大丈夫だ」

肩につかまっていた手を、向こうから放された。さみしいみたいな気持ちで「はい」と頷《うなず》く。

「本当、すみませんでした。あの、眼鏡。弁償とか……」

言いかけた響の言葉を、先生は「あー……いや、スペアあるから」とさえぎった。

ふわっと笑い、

「守ってくれて、どうも」

わ、と思った。思わず見とれる。あの告白のとき以来、ひさしぶりに見る伊藤先生の笑顔だった。気持ちがパッと明るくなる。

響はにっこり、笑い返した。

「どういたしまして！　じゃあ、失礼します」

「気をつけろよ」

「はい」

先生に背を向けて歩き始める。けれども、ふと立ち止まり、振り返った。

遠ざかっていく広い背中。見上げる位置にある頭。大きな手——大人の男の人。

「先生」は、響たち「生徒」とは違う世界に住んでいる人だと思っていた。実際、そういう一面はあると思う。学校ではいつも一緒に過ごしているけれど、それは「学校」という特殊な枠《わく》の中だけでのことだ。実際には、大人と子供という年齢以上に距離がある、身近なようで遠い「先生」。

——だけど。

胸いっぱいにこみあげるものを抑えきれず、気持ちのままに響は叫んだ。

「伊藤先生！」

彼が足を止めて振り返る。

響は思いっきり手を振った。

「さようなら！」

先生は笑い、軽く手を上げて返してくれた。

先生の姿が外階段に消える。そこまで見守って、響は呟いた。

「……せんせい」

先生。
それは響と彼を隔《へだ》てる名前――だけど同時に、響と彼をつないでくれる名前でもある。

＊

響と別れ、職員寮の外階段を上がる。眼鏡のない視界はぼやけておぼつかないが、さすがに毎日生活している場所なので、何かにぶつかったり転んだりするようなことはなかった。

涼やかな声がかけられたのは、伊藤が階段を上りきる直前だった。

「今の、C組の島田《しまだ》さん……ですか？」

中島《なかじま》の声だ。

「ああ……、ええ」

答えながら、思わず階段の下に視線をやったが、暗闇にぼんやりと女性らしき姿が浮かぶだけで、ハッキリとは輪郭《りんかく》を結ばない。

「確か、このあいだも来てましたよね」

彼女の声には、小さな棘《とげ》が含まれていた。

「めずらしい。伊藤先生も、特定の生徒と親しくすることあるんですね」

「違いますよ。今日はたまたまです」

「へえ」

含みのある沈黙に、伊藤は思わず視線をそらした。やましいことは何もない——はずなのに、つい、言い訳を口走る。

「……大丈夫ですよ。あいつ、根はクソ真面目《まじめ》なんで」

「何が大丈夫なんですか?」

「……」

返されて、自分が墓穴《ぼけつ》を掘ったことを悟った。

あいつは真面目だから大丈夫。間違いは起こらない——その言葉こそが、間違いの可能性を示唆《しさ》している。

「言い訳する伊藤先生もめずらしい」

皮肉な口調で言い捨てて、中島は階下の自室へと消えていった。

＊

その日から、響は今まで以上にテスト勉強に打ち込んだ。深夜まで勉強して、眠いけれど、学校の授業もきちんと聞いて。

先生たちは、もちろんテストの問題なんて教えてはくれないけれど、直前の授業では、実はいっぱいヒントをくれている。そんなことに、改めて気付いた。


そうして迎えたテスト当日。

正直、何点取れたのかはわからない。

でも、やりきった。集中して全力を出し切った。このときばかりは、試験監督に来ていた伊藤先生のことも目に入らなかった。

今できることは全部やったという充足感で、響は世界史のテストを終えた。

【8】

中島《なかじま》先生に呼び止められたのは、テスト明けの最初の美術の授業後だった。

「島田《しまだ》さん。胸像を片付けるの、ちょっと手伝ってくれる?」

日直でもないのに名指しされた。

(なんで、わたし……?)

ひっかかるものはあったけれど、とくに断る理由もない。響《ひびき》は「はい」と頷《うなず》いた。

「奥につけちゃって」

「はい」

中島と二人、胸像の後片付けをしていると、窓の外から「伊藤《いとう》先生!」と呼ぶ声が聞こえてきた。つい手を止めて振り返る。

窓の外、伊藤先生がベンチで本を読んでいた。その周りを男子が数人、取り囲んでいる。

「テスト終わったしさ、『パワプロ』勝負しようよ」

「いいけど、おまえらもうちょっとレベル上げてから来いよ」

「やった、絶対な！」

気の置けない会話と笑い声が、美術室まで聞こえてきた。

「伊藤先生って、話してみるとやさしいところがあるのよね」

「え？」

突然、隣から話しかけられ、響はビクッと肩を揺らした。

いつの間に隣に来ていたんだろう。慌てて振り返ったけれど、中島は響のほうを見向きもせず、伊藤を見ながら「困った人」と言わんばかりの口調で続けた。

「本当は誰に対してもそうなのに、いつもはぶっきらぼうだから……。つい、そのやさしさが自分だけに向けられたものだと勘違いしちゃうのかもね」

まるで、大人のわたしには全部わかっているのよ、と言い聞かせているみたいだ。意図がわからず、その顔を見つめていたら、唐突《とうとつ》に目が合った。

中島は、かわいそうな子供を見る目で響を見た。

「とくに、あなたぐらいの年頃だと」

一瞬、何を言われているのかわからなかった。理解すると同時に、かぁっと顔に血が上る。

（なにそれ）

まるで響がひどくうぬぼれているみたいな言い方だ。

あなたは子供だから、そんなことすらわからないのよ。自覚したら？　——冷ややかな視線がそう言っている。

「中島先生、あの、わたしは……」

響の反論を、中島は、それはきれいに、にっこりと笑うことで封じた。完璧《かんぺき》な微笑。言うべきことは言ったとばかりに、「手伝ってくれてありがとう」と言われてしまう。どう言い返したらいいのかわからなくなり、響は唇を噛《か》んだ。

「……っ、失礼します！」

頭を下げて、教室から飛び出す。

みじめだった。

先生と生徒。大人と子供。どうやってもひっくり返せない年齢の差。

なにより、それを理由にされて、何も言い返せない自分がなさけなかった。

＊

中島は、教室から飛び出して行った響の背中を、自己嫌悪の混じる目で見ていた。

響は知らないが、数日前、中島は職員寮の前で伊藤と響が一緒にいるところを見てしまった。

響は中島には気付かずに、一心に伊藤のことを見ていた。きらきらしたその目いっぱいに、慕《した》わしさを込めて。

彼女が『さようなら！』と手を振って帰っていったあと、中島は伊藤の背中を追いかけて声をかけた。

『今の、C組の島田さん……ですか？』

彼は不意を衝《つ》かれた顔で中島を見た。

『ああ……、ええ』

眼鏡《めがね》をかけていない目の奥には、警戒心がちらついている。そのことに、中島は我知らず傷ついた。

『確か、このあいだも来てましたよね』

言いながら、伊藤の表情を見きわめようと目を細める。

『めずらしい。伊藤先生も、特定の生徒と親しくすることあるんですね』

中島の言葉に混じった毒に、彼は気付かない顔で答えた。

『違いますよ。今日はたまたまです』

だが、中島はその言葉を疑った。彼も大人だ。本心はどうあれ、そのくらいの嘘は言える。

それが証拠に、彼は中島の視線から本心を隠すように視線をそらした。

『……大丈夫ですよ。あいつ、根はクソ真面目《まじめ》なんで』

『何が大丈夫なんですか？』

ため息をつきたい気分だった。

あいつは真面目だから大丈夫。間違いは起こらない——その言葉こそが、自分の心を露呈していると、彼は気付かないのだろうか。自分の心は彼女に傾いていると言っているも同然だ。

皮肉に口許《くちもと》をゆがめて笑った。

『言い訳する伊藤先生もめずらしい』

——そんなことがあったから、つい、響にやつあたりしたくなったのだ。

今ではこんな大人だけれど、中島にも響のような時期はあった。ただただ相手のことだけを想って、純粋に、まっすぐな気持ちで恋をしていたこともある。けれども、中島の幼い恋は実らなかった。失恋して、傷ついて……どんなにきれいな気持ちで一生懸命に想っても報われるわけではないのだと知った。

男受けする格好や振る舞いを身につけて、打算的なずるい大人になった自分を間違っているとは思わない。でも、響を見ているとイライラする。彼女が一生懸命であればあるほど、かつての自分を見ているようでいたたまれない。「一生懸命に想ったからといって報われるわけではない」という真理を見ようとしない響が気に障《さわ》る。その上、伊藤もまんざらではないのかもしれないと思うと余計に苛立《いらだ》った。もっとも、十歳ほども年下の教え子にやつあたりする自分にも、失望せずにはいられないのだけれど……。

物思いに沈んでいると、不意に背後のドアがガラリと開いた。

「響、いじめないでやってくださいよ。伊藤にふられたからって」

あきれたみたいな、生意気な口調。

振り返ると、川合浩介《かわいこうすけ》が立っていた。

いつから——どこまで知っているのだろう。伊藤にふられた？　——どうしてそんなことをこの生徒は知っているのだ。

動揺《どうよう》を素知らぬ顔の下に押し隠し、中島は強気な自分を装った。

「それとこれとは別。島田さんのことは、教師として忠告しただけ」

「へぇ」

浩介は、中島の強がりなんてお見通しだとでも言いたそうに口許をゆがめた。癇《かん》に障《さわ》る。

そんな態度を見せてやるほど、子供ではないけれど。

「それに、伊藤先生のことは、ちょっといいなと思ってただけよ。引きずるほどじゃない
……」

「嘘だ」

浩介は、中島の虚勢をばっさりと切りつけた。どこか痛いような、ひりつくような目で、浩介は中島を見ている。

「泣いてたじゃねぇかよ」

ハッとした。見られていたのだ——あの日の告白と、無様《ぶざま》な敗北を。

思わず取り乱しそうになるのをこらえ、中島は浩介の目を睨《にら》み返した。

「何が言いたいの？」

彼の目が、ふと揺らいだ。けれど、それも一瞬だ。浩介はこれ以上ないくらい真剣な眼《まな》差《ざ》しで中島を見つめ、はっきりと言った。

「中島先生が好きです。俺、本気で」

「悪いけど」とさえぎる。「高校生の本気なんて、本気の内に入らないってわかってるから」

言い捨てて歩き出す。これ以上、彼と二人きりでいたくなかった。

高校生なんて、ほんの数年、子供から大人に生まれ変わる過渡期《かときま》真っ只中《ただなか》だ。どんなに真剣に恋をしているように見えても、いざ高校を卒業して大人になってみれば、高校時代の恋愛なんて思い出しもしない。そういうものだ。それでいい。それで当然だと、中島は思っている。何年も彼らを見守り、送り出してきた教師として。だから、彼らの「本気」には取り合わない。それがまっとうな大人なのだ。

逃げ出すようにあとにした美術室から、「くっそー」と浩介が吐き捨てる声が聞こえてきた。

＊

その頃、響は外廊下《そとろうか》を走っていた。

(勘違いなんかしてない。振り向いてくれなくたっていい)

息を切らして外へ出る。さっき、伊藤先生がいたところへ。

何のために走っているのか、自分が何をしたいのか、響自身もよくわからなかったけれど、ただ無性に先生に会いたかった。

伊藤先生は、美術室から見たときと同じウッドデッキのベンチに、木陰に隠れるように座っていた。一人だ。さっき彼を囲んでいた男子生徒たちの姿はない。

はぁはぁと肩で息をつきながら、響はその横顔を見つめた。

先生はうつむいて、開いた本に視線を落としていた。

涼やかな目元。高い鼻筋。潔癖《けっぺき》に見えるほど清潔な口許から襟元《えりもと》へのライン。

響が近づいても気付きもしないで、本に夢中になっている視線を、後ろからそっと、そーっと、眼鏡の上から目隠ししてさえぎった。

「先生」

「……島田」

声で誰だかわかったのだと思う。先生は驚くでもなく、響の手を取って、目隠しをやめさせた。

手の下から現れた彼の表情は、固くこわばっていた。

「もうあんまり、俺の周りをうろちょろするのはやめろ」

突き放されて、泣きそうになる。

(どうしてそんなことを言うの？)

ただ好きでいることだけなら、否定しないでくれた。はじめて好きになった人。はじめて、「好き」を伝えた人。彼が響の「好き」を受け取ってはくれなくても、ただ好きでいることを許していてほしいから、一生懸命勉強したのに。

涙がこみ上げてくるのをどうにかこらえ、喉《のど》から声を押し出した。

「まだ、テストの点数出てません」

先生は、苦い声で、独《ひと》り言《ごと》のように言った。

「『おまえが未来に出会う災《わざわ》いは、おまえがおろそかにした過去の報いだ』」

「……え？」

それはあの日の告白のとき、響が口にしたナポレオンの言葉だった。

——あとで後悔したくなかったら、今をおろそかにするな。

元はと言えば、伊藤先生が、授業中に教えてくれた言葉だ。

「俺なんかにかまって、大事な高校生活を無駄にするな」

（——！）

ハッとした。

（先生は、わたしが後悔《こうかい》すると思ってるの？）

伊藤先生に恋したことを、大事な高校生活を無駄にしたと、いつか響が後悔するというのか——。

胸の中がかなしみでいっぱいになった。そんなこと、伊藤先生にだって——伊藤先生にだけは言ってほしくない。

「わたしは無駄なんて思ってません！」

恋もせずに過ぎていく高校時代を、女としての十七歳を無駄にしているように感じていた。恋に夢中なちーちゃんや浩介を、楽しそうと羨《うらや》んでいた。やっと、やっと、人を好きになれたのに、初恋なのに、その相手である伊藤先生がそれを否定しないで。

必死に訴える響を、先生は何かまぶしいものでも見るように見つめた。そして、耐えられないように目をそらす。

「……おまえの気持ちには応えられない」

「……っ」

響は唇をきつく嚙《か》んだ。ぐらぐらしそうになる自分を必死で立て直す。

「あの……だから、振り向いてもらえなくても、わたし……」

「きついんだよ」

いつになく鋭い口調で、先生は響の言葉をさえぎった。

「そうやって、おまえにガンガン気持ちをぶつけられるのが」

「！」

目の前が真っ暗になった。「好きになってもいい？」とたずねたのは響だけれど、報われなくても、振り向いてもらえなくても、恋人になれなくても、心のどこかで、好きでいることだけは自由だと思っていた。だけど、それさえも先生は「きつい」と言う。やめてくれと言っているのだ――。

「……迷惑ですか？」

声は震え、ひび割れていた。遠い、自分には関係ないことのようにそれを聞く。まるで自分の声じゃないみたいだ。

先生は響から目をそらしたまま頷《うなず》いた。

「ああ、そうだな。迷惑だ」

「――！」

ショックだった。

何か――何か言いたくて。この、かたくなな大人の人の気持ちを動かすような一言を探して、探して――でも、見つけられずに、ただ唇を震わせる。

自分の無力を思い知った。

好きな人に、好きでいることさえ許してもらえない。そんな理不尽《りふじん》に、言い返す言葉すらもたない。自分は本当にちっぽけで無力な子供だ。

睨み付けた先生の顔が涙でゆがむ。両手を固く握り締め、響はその場から逃げ出した。

響が去ったそのベンチで、彼が苦しげにため息をついたことを、当然ながら、響は知らない。

＊

ピンポーン！　と家のインターホンが鳴った。

「はいはいはーい」

夜のこの時間帯に誰だろう。宅配か何かだろうかと思いながら、千草《ちぐさ》は玄関に向かった。風呂上がりなので、メイクを落としてすっぴんだし、髪も濡れているけれど、しかたない。

ガチャリと玄関のドアを開ける——と。

「えっ!?」

目の前に人が立っていてびっくりした。それが響で、しかも、顔をぐちゃぐちゃにして泣いているとわかったときには、二度びっくりした。

千草の顔を見るなり、声を上げて泣き出してしまった響が抱きついてくる。

「響!?」

千草は慌てふためいて、親友の背を抱き返した。

【9】

「おはよう」の声が響く昇降口。響《ひびき》はもうすでに帰りたい気持ちでいっぱいだった。

「浩介《こうすけ》、おはよー！」

ちーちゃんがいつものように声をかけ、浩介がこちらを振り返る。

「ああ、はよ……、あれ？」

ギョッとした顔で、まじまじと顔をのぞき込まれた。

「なんだ、その顔」

浩介の険しい視線から隠れるように、思わずさっと顔をそむける。そんな響をかばうように、ちーちゃんが一歩前に出た。

「響、ゆうべ、うち泊まったんだー。わたしがメイクしたげたの。かわいいでしょ？」

——昨夜のことだ。日もすっかり暮れてから、響はちーちゃんの家を訪ねた。『はいはい』とかったるそうに玄関を開けたちーちゃんに抱きついて、号泣した。

最初はまともに話すこともできないほど取り乱していたが、ちーちゃんの部屋にあげてもらい、思いっきり泣いたら少し落ち着いた。

伊藤《いとう》先生に『きつい』と言われたこと。好きでいることすら迷惑だと言われたこと……。泣きながら、つっかえつっかえ話す響の話を、ちーちゃんはちゃんと最後まで聞いてくれた。一緒になって怒って、泣いて、『今夜はうち泊まりなよ』と言ってくれた。ちーちゃんはやさしい。先生のひどい言葉にかき乱され、涙でぐちゃぐちゃに荒れてしまった響の心は、ずいぶんちーちゃんに救われた。

でも、ベッドの隣に布団を敷いてもらい、電気を消すと、暗闇に、どうしようもなく伊藤先生とのことが浮かんでくる。

苦しかった。こんなに好きなのに、ちゃんと本気で好きなのに、好きでいることすら許してもらえない。あんなに努力したのに。テスト勉強頑張ったのに――。

――迷惑だ。

冷たい声が耳によみがえり、胸が軋《きし》んで、涙がにじむ。

だめだと思った。

（考えちゃだめ）

これ以上、伊藤先生のことを考えたら、きっと心が壊れてしまう。

変わらなくちゃだめだと思った。だから、ちーちゃんに頼んだのだ。『明日の朝、お化《け》粧《しょう》教えて』と——。

でも、これが正しいやり方なのか、響にもわからない。きっと、誰にきいても正解はわからない。響は容姿を変えることから始めてみたけれど——ちーちゃんは「かわいい」と言ってくれるけど、おかしいと思う人だってきっといる。誰よりまず響自身に違和感があるし、浩介もそうらしかった。

「すっげぇ変。らしくない」

容赦《ようしゃ》ない言葉を浴びせられ、びくっと肩を震わせる。

昨夜の涙でぐちゃぐちゃになってしまった響の心は、今朝もまだぬかるんだまま、土足で踏み込まれることに耐えられない。

ちーちゃんは、ちらりと響を振り返り、「えー、見慣れないだけでしょ」とフォローしてくれた。そのまま浩介を追いかけていってしまう。

響は一人取り残され、口紅を引いた唇を指で押さえた。周りの目から、自分の心の傷を隠すように。

口紅が人差し指の先を紅く染めた。

＊

教室に入っても、響はメイクした顔を隠すように、うつむきがちに席に着いた。ちーちゃんが気遣わしげにこちらを見ていたけれど、その視線にも気づけないで。何度も唇を押さえては、指先の赤をじっと見つめる。

そんな響に、クラスの女の子が目を留めた。

「あれー。島田《しまだ》さん、なんか今日いい感じだね」

話しかけられ、え、と思って顔を上げた。いつもはあまり話さない、クラスでも派手めな女の子が三人、響の机の前に立ってこちらを見ている。戸惑って、思わず首を横に振った。

彼女たちの一人が言った。

「ね。今日どっちか、ヒマじゃない？　中高《なかこう》と合コンあるんだけどさぁ、女子一人足んなくって」

びっくりした。こんなふうに合コンに誘ってもらったのははじめてだった。

ちーちゃんが、愛想笑いで手を合わせる。

「あ――、ごめん！　うちら部活あるし。それに響は、合コンとかそういうの……」

断る気だ。気付くが早いか、「わたし！」とちーちゃんの言葉をさえぎっていた。

「え？」とちーちゃんがこっちを見る。女の子三人の視線も響に集まった。

今までの響は、合コンに誘われることもなかったし、たとえ誘われても行かなかった。

でも、変わろうと決めた。もう決めたのだ。少しでも伊藤先生のことを考えないでいられるように。伊藤先生のことを好きでなくなるように、変わろうと決めた。

合コンに行ったら、もしかしたら、新しい出会いがあるかもしれない。伊藤先生より好きになれる人がいるかもしれない――。

すがるような気持ちで、響は言った。

「……行ってみよう、かな」

それで本当に、変われるのなら。

＊

放課後、伊藤は社会科準備室で中間テストの採点をしていた。

テストの採点は、単純なように見えて実は結構面倒な仕事だ。単純に量が多いうえ、最近は個人情報保護法のために答案を自宅に持ち帰ることもできなくなった。さらには、生徒の解答から問題や授業の良し悪《あ》しが見えてきて、問題を作った側として反省する点ももろもろ出てくる。教師だって完璧《かんぺき》じゃない。伊藤など、生徒たちと十歳ほどしか変わらない、ただの人間だ。

機械的にマルをつけていた赤ペンが、ある答案でふと止まった。そのときだった。

「おい、千草《ちぐさ》！」

にわかにドアの向こうが騒がしくなり、伊藤はそちらに目を向けた。

「やめとけって！」

静止の声と同時にバタンと勢いよく扉が開け放たれる。入ってきたのは、千草恵と川合浩介だった。真っ赤な顔をした千草の腕を、浩介が摑《つか》んでいる。

千草はキッと伊藤を睨《にら》むと、「いた！　極悪非道教師！」と叫んだ。もともとエキサイティングなところのある生徒だが、その突拍子《とっぴょうし》のなさと剣幕にはさすがに驚く。

何のことかと見返すと、千草は地団駄《じだんだ》を踏みそうな顔で続けた。

「フるにしたってさ、もう少し言い方があるじゃん！」

「おまえ、いきなりそれは」

たしなめようとした浩介を振り切り、千草はずかずかと伊藤の目の前までやってきた。

「響、大変だったんだからっ！　うちに泣きながら来てっ、朝まで泣いて泣いて……目なんて、ボコッて腫《は》れちゃって！」

「あー、だから化粧か」と、腑《ふ》に落ちたように浩介が言う。——化粧？

「おまけに合コン行くとか言い出すし！　伊藤のことあきらめようと必死なんだよ！　響このままじゃ、どんどん変な方に行っちゃう！」

千草の言葉は支離滅裂《しりめつれつ》だったが、言葉の端々から、島田響がどういう状況にあるのかはだいたい伝わってきた。昨日、つめたく突き放した、伊藤の生徒だ。

ふ、とひとつ、息をつく。

「俺には関係ない」

そう言うと、千草は「ひっど……！」と眉《まゆ》をひそめた。しまった。今にも泣きそうだ。面倒くさい。摑みかかろうとする勢いの千草を、浩介が「おいおい」と押しとどめる。

かと思うと、今度は彼のほうがずいっと前に出て、高みから伊藤を睥睨《へいげい》した。

「普段真面目《まじめ》なやつほど、こういうとき反動がでかいから。危ねぇかもよ」

いやなことを言う。思わず睨むと、視線に圧をかけて睨み返された。

「つきあわなくたっていい。嘘でもいいから、ちょっとはやさしい言葉、かけてやってくれれば響だって……」

やけに感情のこもった声と言葉だった。

彼らが何を言おうとも、伊藤は響に対する態度を変えるつもりはない。だが、つい、見て見ぬふりしていた感情を刺激される。

手元の答案に目を向けた。

「……嘘でもいい……か」

呟《つぶや》くと、浩介が怪訝《けげん》そうに「え？」とこちらを見た。察しのいいやつだ。そういうやつはきらいじゃないが、今はやはり面倒にしか感じない。

伊藤はふっと息をつき、彼らを追い出しにかかった。

「話がすんだなら帰ってくれ。テストの採点の途中なんだよ」

言い放ち、机の答案に向き直る。もう彼らに一瞥《いちべつ》もくれてやるつもりはない。

「伊藤、おまえ……」

浩介が何かを言いかけたが、

「最っ低！　もういこ、浩介！」

「うわっ」

頭に血を上らせた千草に引っ張られて途切れる。

ずるずるとドアのほうへ引きずられて行きながら、浩介が叫んだ。

「あいつ、駅前のカラオケ行くって！　少しはフォローしてやれよ！」
嵐のように二人が去り、伊藤は不自然なほどの沈黙とともに準備室に残された。
遠くでブラスバンド部の練習している音が聞こえてくる。グラウンドから野球部の声。
通り過ぎる生徒たちの笑い声……。
伊藤は一番上に置かれた答案に目を落とした。島田響の答案だ。九十七点。
――好きになってもいい？
臆病な、おずおずとした、けれども、まっすぐな声が、耳に響いた。

【10】

結局、仕事に集中しきれずに、伊藤《いとう》は早々に職場を出た。とはいえ、もう秋も深い。とっぷりと暮れた夜空には雨雲が低く垂れ込めて、今にも雨が降り出しそうだ。

交差点で信号を待っていると、とうとう、空からポツリと雫《しずく》が落ちてきた。見る間に、フロントガラスに雨の粒が広がっていく。

雨音に重なって、さっきの浩介《こうすけ》の忠告がうるさく耳元で急《せ》き立てた。

——普段真面目《まじめ》なやつほど、こういうとき反動がでかいから。危ねぇかもよ。

伊藤は顔を強《こわ》ばらせ、フロントガラスを睨《にら》み付けた。

——危ねぇかもよ。

そこが我慢の限界だった。

生徒の夜遊びを見過ごしてはおけない。そう自分に言い訳をして、ウィンカーの向きを変え、右方向へと走り出す。

その先には、駅前の繁華街《はんかがい》が見えていた。

*

ちょうどその頃、響《ひびき》はカラオケ店で合コンの真っ最中だった。

部屋のテーブルには、飲み放題のジュースとフライドポテト。今日のメンバーは、中高《なかこう》の男子が四人と、響たち南高《みなみこう》の女子が四人だ。

「早く次入れなよ～」

けばけばしい照明と、声も聞こえないほどの音の中、おしゃべりしたり、熱唱したり、盛り上がっている人たちの中で、響は一人だった。

変わろう、変わりたいと思って、こんなところまで来てしまったけれど、居場所がない。浩介は響のメイクを「らしくない」と言ったが、ここでこうしていることもやっぱり自分らしくないと感じた。

どうして部活にも出ずに、こんなところにいるんだろう。メイクと同じ、違和感ばかりが募《つの》っていく。

部屋の隅、身の置きどころがない気分で、ジュースのストローをくわえていると、突然男の子が一人、隣に座った。

「響ちゃん、楽しんでる～？」

なれなれしい呼び方が耳に付く。至近距離で顔をのぞき込まれ、思わず腰が引けてしまった。

そんな響にかまわず、彼はぐいぐい迫ってくる。

「オレ、ショートの子って好きなんだよね」

（……好き？）

違うと思った。

彼の言う「好き」は恋じゃない。心が動かない。こんなの違う。「ショートの女の子」なんて、そんな子、いくらでもいるのに。その髪型なら誰でもいいなんて、本当の恋じゃない。

もっと胸が痛くて、心が動いて、誰かのことで心がいっぱいになって、とても苦しくて……でも、とてもしあわせで。そういう恋を、響は知っている。

勝手に髪を触られた。我慢できず、振り払うように立ち上がった。

「あ、あのっ！　わたし、やっぱり帰ります！」

その場にいた全員の視線が響に集まる。

クラスメイトの女の子が「はぁ?」と不機嫌そうに顔をゆがめた。中高の男子たちも、「え? なにそれ?」と戸惑っている。

「……ごめん!」

楽しい場に水を差した。自覚はあるから頭を下げて、みんなのあいだをすり抜ける。

「ちょっと、島田《しまだ》さん! さすがにそれなくない?」

苛立《いらだ》った女の子の声をふり切って、鞄《かばん》を掴《つか》んで部屋を飛び出した。

「ちょっと待って!」

クラスメイトの声が追いかけてくる。けれども、響は二度と後ろを振り返らなかった。

*

カラオケ店の入っていた雑居ビルから飛び出すと、あたりはもうすっかり夜だった。繁華街のけばけばしい電飾が、土砂降りの雨ににじみ、反射して、響の目を刺す。

傘を持ってくるのを忘れてしまった。ついてない。

ためらったのは一瞬で、響はそのまま雨の中に踏み出した。

みるみる頭から濡れそぼり、体の芯まで冷えていく。秋の夜の雨は冷たい。響は鞄を胸に抱えながら、駅に向かってとぼとぼと歩いた。みじめだった。

ビルの飲み屋から出てきたサラリーマン二人組が、真っ赤な顔を向けて響を見た。

「女子高生ー。風邪《かぜ》ひくぞー」

「夜遊びしてると、先生に叱《しか》られちゃうよー？」

からかい声が耳につく。

——先生に叱られる？

「……っ、叱られたいよ！」

気が付くと叫んでいた。その声に自分でもハッとする。

（……なんだ）

変わりたいって思っていた。そう自分で信じ込もうとしていた。だけど結局、似合わないメイクも夜遊びも、全部伊藤先生の気を引きたいからだ。

そんな自分が滑稽《こっけい》で、みじめで、恥ずかしかった。

本当に、自分は子供だ。だからこそ、今も昂《たかぶ》った気持ちを抑えきれずに、駄々《だだ》っ子《こ》みたいに叫ぶ。

「先生の、怒ったとことか、笑ったとことか、もっと見たい！」

「おいおい、大丈夫、この子？」

「先生が好きなのか。いけない子だねぇ」

にやにやとした口調に猛然と腹が立って、くやしくて、かなしくなった。顔を上げ、心の底から叫んだ。

「なんでいけないことなの⁉」

どうして先生も、この人たちも、やめとけとしか言ってくれないの。

「わたしは、先生を好きになれたから、テストだって頑張れて……っ、毎日がドキドキして……楽しくなって……。絶対、無駄なんかじゃない」

はじめて人を好きになった。好きな人に気持ちを伝えた。とても、とてもうれしかった。

「振り向いてもらえなくても、今は一番好きな人を、好きでいたい……っ」

サラリーマンたちは、響の剣幕にあっけにとられたようにこちらを見ている。

——と、背後から、ぐいっと響の腕を引き寄せる手があった。

「すみません」

低い、甘い声が、サラリーマンたちに詫《わ》びる。

「……っ⁉」

心臓が止まるかと思った。

(この声)

嘘だろうと思いながらも、あおむいて背後を振り返る。

「先生!?」

響の腕を掴んでいたのは、やはり伊藤先生だった。

なんで、どうして、こんなところに――いったいどこから聞かれていたの？

「行くぞ、島田」

戸惑う響の腕を引き、先生が先に立って歩き出す。表情は見えない。広い背中は、少し怒っているようにも感じられる。

戸惑う響の背中に、酔っ払いの声がかけられた。

「頑張れよー、女子高生！」

＊

車のワイパーが、光をにじませる雨の流れをかき混ぜている。

「先生、シート濡れちゃう……ごめんなさい」

ずぶ濡れの響は、助手席で小さくなっていた。

先生は何も言ってくれない。こちらに視線すらくれようとしない。息苦しい沈黙が、鋭い棘《とげ》のように響の心を傷つける。

雨の流れるサイドミラーに、響の顔が映っていた。メイクが落ちて、濡れそぼって、ぐちゃぐちゃになった、みっともない子供の顔。その顔が、今にも泣きだしそうにゆがんでいる。

もう一度「ごめんなさい」と呟《つぶや》いた。

(先生、迷惑かけちゃってごめんなさい。ごめんなさい。もう、こんなに好きになっちゃって……)

ごめんなさい、先生。

＊

そんなことがあった翌日。伊藤先生の世界史は、テストの答案の返却日だった。

響の顔を見ても表情を変えることすらなく、彼はいつもどおりの顔で教壇《きょうだん》に立っている。

「大野《おおの》。……川合《かわい》。……佐藤《さとう》」

響は元どおり、ノーメイクの顔を上げ、教壇の伊藤を見つめていた。

——世界史のテストで九十点以上取ったら！　好きになってもいいですか？

あのときから、ずいぶん状況が変わってしまった。今更、どんな点数を取ったところで、先生の気持ちを変えることはできないかもしれないけれど。

「……島田」

名前を呼ばれ、平静を装って教壇の前まで進み出た。

先生は手元の答案に目を落とし、響には一瞥《いちべつ》もくれない。差し出された答案を受け取り、席に戻る。我慢しきれず、途中で点数を見てしまった。

「！」

九十七点。

思わず教壇を振り返った。でも、先生はやっぱりこちらを見てはくれなかった。

彼はただ淡々とした態度で、次の人の名前を呼んだ。

【11】

衣替《ころもが》えの移行時間も終わってしまった十一月のある朝、担任の関矢《せきや》先生が言った。

「ということで、今日のホームルームは、南高祭《なんこうさい》の目玉、クラス対抗仮装コンテストのテーマを決めようと思います」

それまで興味なさそうにしていた生徒たちが、いっせいに盛り上がる。

「えー、どうする?」

「仮装とか、たりぃ」

「うっそ、楽しいじゃん!」

かしましい生徒たちを見回して、関矢が「はい、なんか意見がある人?」と声を張った。

ちーちゃんが、「はい!」と手を上げる。

「はい、千草《ちぐさ》」

「ハッピーウェディングがいいです!」

立ち上がったちーちゃんの提案に、ざわめきが大きくなった。関矢が、「なんだそりゃ？」と首をかしげている。

ちーちゃんはにこにこと続けた。

「それぞれ、好きなウェディングドレスを作ってぇ、それを着るの！」

「あ、いい！」

「着たい着たい」

きゃーっと盛り上がったのは女子たちで、男子たちは「いや、男子はどうすんだよ！」とブーイングだ。

ああでもないこうでもないと意見が出たけれど、結局、C組のテーマはちーちゃん提案の『ハッピーウェディング』に決まった。

数日後、さっそく放課後の教室に残って衣装を作りながら、ちーちゃんがこっそり響《ひび》きに言った。

「わたしねぇ、サッカー部の戸延《との》べ先輩にアピールしようと思って。ウェディングドレスで」

えっ、と、思わず手を止める。

「ちーちゃん、関矢先生は？」

ちーちゃんは少し気まずそうに苦笑しながら、花飾りを作っている手元に視線を落とした。

「ん、もういいんだ。思ってた感じとなんか違ったっていうか……勝手にいろいろ想像して、憧れてただけだったのかなぁって」

「……そっか」

小さな恋の終わりと、新たな始まり。ちーちゃんのことを移り気だとは思わない。ちーちゃんはいつだって真剣だ。

でも、ちょっとだけ、さみしい気もした。

気持ちにけじめをつけて、次の恋を見つけたちーちゃんに比べ、響は今だにあの夜に立ち止まったままだ。テストで九十点以上は取ったけれど、先生に「迷惑だ」とまで言われた気持ちには行き場がない。だからといって、そう簡単には自分の気持ちが変わらない——変えられないこともわかっている。ちーちゃんはどんどん進んでいくのに、響は失った恋にしがみついて止まったまま、八方ふさがりだ。このままだと、ちーちゃんに置いて行かれてしまいそうで、ちょっとさみしい。

そんなこと、ちーちゃんには言えないけれど。

＊

そんなもやもやした気分を少しでも晴らしたくて、響は一人、弓道場で練習をしていた。

文化祭の準備期間は、みんなそれぞれクラスでの準備や作業があって、なかなか時間がそろわない。そのため、部活は免除になるのだけれど、弓道部員なら弓道場は自由に使ってかまわないことになっている。

的前《まとまえ》に立ち、矢をつがえる。的を見据えて、引き分ける。

放った矢は、大きく的を外れて矢道《やみち》に落ちた。

（……ダメだなぁ）

思わず漏《も》れそうになるため息をこらえて、もう一度。

足踏み、胴造《どうづく》り、弓構《ゆがま》え、打起《うちおこ》し……射法八節《しゃほうはっせつ》を頭の中でなぞりながら弓を引く。

「型、めちゃくちゃ」

不意に背後から声をかけられ、振り返った。見ると、ジャージ姿の藤岡が、少し下がったところに立ってこちらを見ている。

「弓手《ゆんで》、肩抜けてる」

厳しい、けれども、正しい指摘に目を瞠《みは》った。

藤岡は射場《いば》を見回しながら、「今日、みんないないね」と言った。

「うん。週末、文化祭だから……。準備で、とりあえず部活は免除になってて」

「そっか。うちと一緒だ」

終始落ち着いて堂々としている彼に比べて、おどおどしている自分が少し恥ずかしい。

藤岡は鞄《かばん》を下ろし、練習の準備を始めながら、思い出したように言った。

「島田《しまだ》さんってさ、去年の大会、一年の代表で出てたよね」

「うん」と頷《うなず》く。

「なんかうまい子いるなーと思ったけど、ちょっとがっかりした」

「え？」と、思わずきき返した。

「最近、練習に身が入ってないみたいだし。弓構えも迷いがあって、中途半端っていうか

……」

弓を取り出しながら、藤岡が言い放つ。淡々と容赦《ようしゃ》ない言葉は、響の胸を深くえぐった。

そのとおりだった。練習に身が入っていないのもそうだけれど、「迷いがあって中途半端」という指摘が耳に痛い。心臓がぎゅうっと苦しくなる。

ふとこちらを見た藤岡が、ぎょっと目を見開いた。それで、響は自分が泣いていること

に気がついた。

「……っ、ごめんなさい……っ」

　みっともない。いきなり泣き出して、これじゃまるで彼を責めているみたいだ。そんなつもりはないのに、止めようと思うのに、あふれてくる涙は一向に止まらない。

　響の謝罪に、彼はうろたえた表情と口調で答えた。

「いや……こっちこそ、ごめん。言い過ぎた」

「ううん」

「ごめん」

　ぶんぶんと首を横に振る。

「わたし、ホント自分のことしか考えてなくて……。相手にどれだけ迷惑になるかとか、考えてなくて……、ごめんなさい」

　涙を止めようと四苦八苦しながら、支離滅裂《しりめつれつ》に口走る響の言葉を、藤岡はじっと響を見つめて聞いていた。

「……それって、俺に言ってる？」

「え？」

　思わず顔を上げた。彼は響を見つめたまま、さらりと言った。

「島田さんの好きな人って、先生、なんだよね？」

「！」

思わず、ひゅっと息を呑《の》む。

呆然《ぼうぜん》として声も出ない響に、藤岡は「座ろっか」とうながした。

＊

驚かせてごめん、と、藤岡は謝罪を口にして、以前、ちーちゃんと浩介《こうすけ》の話を聞いてしまったことを話してくれた。

少し困った表情なのは、思いがけず響を泣かせてしまったせい。それから、たぶん、顔見知り程度の響の恋愛事情なんて本当は知りたくなかったと思っているようにも見える。

やさしい人だ。ピンと筋が通っていて、厳しくて、そっけなく見えるけれど、本当はやさしい。似た人を、響は知っている。好きだという気持ちだけで、響が追い詰めてしまった人。「迷惑だ」とまで言わせてしまった、好きな人――。

（藤岡くんにも、迷惑かけてしまってる……）

そう思いながらも、つい話してしまうのは、誰かに聞いてほしかったからだ。

弓道場《きゅうどうじょう》の隅に小さく、膝を抱えて座り、響は自嘲《じちょう》的に笑った。

「なんていうか、わたしが勝手に好きになっただけなんだ。たまにやさしくしてくれるから、なんか調子に乗っちゃって……」

面倒だ、きつい、迷惑だとまで言われたのに、まだ、あきらめきれないでいる。「迷いがあって中途半端」。本当にそのとおりだ。

「ホント馬鹿だよね。ちゃんと、あきらめないとね」

藤岡は弓懸《ゆがけ》を準備しながらも、真剣に響の話を聞いてくれた。痛ましげな目を響に向ける。

「笑わないで」

「え？」

「笑えないんだったら、笑うことない。見てるほうがつらい」

「藤岡くん……」

目を瞠る。こんなに親身になって聞いてもらえるなんて、思ってもみなかった。

彼は準備の手を休めずに、それでも真摯《しんし》な口調で言った。

「ちゃんとあきらめるって、どういうことなのか俺にはわかんないけど……。どうせあきらめるなら、気持ち、確かめてみれば？」

響は伏し目がちに、ゆるゆると首を横に振った。

「そんなの……、先生の気持ちなんて、わかってる」

「じゃなくて、島田さんの気持ち」

驚いて、はっと顔を上げる。

響を見返す藤岡の目は、すべてを見通すような色をしていた。

「ちゃんとふられてないから、ぐだぐだするんじゃない？」

そんな目で、口調で言われたら、そうかもしれないと思えてくる。

「でも……、これ以上、迷惑かけるなんて……」

尻込みする響を置き去りに、藤岡は的前に立った。凛《りん》と静かに張り詰めた目で、正面の的を見据える。

「相手は教師なんだから、生徒に迷惑かけられるのも仕事のうちでしょ」

足踏み、胴造り、弓構え……射場での彼は、はっとするほど端正だ。

（確かめる……？　自分の気持ちを？）

そんなの、「好き」に決まっているのに――？

ぱっと藤岡の手元を離れた矢は、ゆるやかに弧を描いて的の中心を射貫《いぬ》く。

藤岡の言葉の真意をさぐるように、響は黙って、その弓の軌跡を目で追った。

【12】

　文化祭当日は空の奥まで澄み渡るような秋晴れだった。スカッと気持ちよく高い空に、透明な陽の光がキラキラしている。

　校門前には『南高祭《なんこうさい》』の立て看板が出され、校内は南高生や保護者、他校生でにぎわっていた。

「イケてる？　ＯＫ？　ＯＫ？　盛れてる？　ＯＫ？」

「オッケー！」

「いえ――い‼」

　ウェディングドレスの着付けを終え、ちーちゃんがクラスメイトとハイテンションで騒いでいる。

　かと思うと、窓際に並んで寄りかかっていた浩介《こうすけ》と響《ひびき》のところへ走ってきて、

「ねえねえ、おかしくなぁい？」

くるりとターンしてみせた。

純白のドレスに身を包み、ちーちゃんはいつにも増して女の子らしい。すでにドレスに着替え終わっていた響は、「かわいいよ」とにっこりした。隣では髪をくくり、盛装した浩介が、「はいはい、かわいいかわいい」と適当な返事をしている。

「ほんと⁉　じゃあ、戸延《とのべ》先輩に見せてこよーっと！」

うれしそうに語尾を弾ませて、ちーちゃんは教室から走り出て行ってしまった。背中に羽が生えたような後ろ姿を、かわいいなぁと思いながら見送る。ちーちゃんは、いつ誰に恋していても、一生懸命でかわいい。

教室を見渡せば、ちーちゃんだけではない。どこかそわそわ、落ち着かないような、早く始まってほしいような、このわくわくした気分をもう少し味わっていたいような、浮ついた空気が満ち満ちていた。

「……あれからなんか、伊藤《いとう》と話した？」

浩介が携帯の画面を見つめたままたずねてきた。「ううん」と首を横に振る。浩介は「そっか」と少しきまり悪げに言い、それから独り言《ひとりごと》のように呟《つぶや》いた。

「勘違いだったんかな……。やっぱわかんねぇな、大人は……。ホントわかんねぇ」

何のことを言っているのか、それこそ響にはさっぱりわからない。でも、響は「うん、わかんない」と同意した。

以前は、先生の私生活って謎だと思っていたし、手の届かない、別世界に住んでいる人のように感じていた。

教師と生徒という立場を盾に、響の気持ちを拒絶した——伊藤先生は「大人」だ。

でも、子供みたいにベンチで居眠りしたり、休日はだらしない姿で過ごしていたり、野球の中継に夢中になったり……「先生」は、けっして完璧《かんぺき》な人でもなかった。

響がこわかったとき、困ったとき、つまずいたとき、差し伸べてくれた手はやさしかった。どこかで、好きでいる気持ちくらいは受け入れてもらえるような気がしていた。だから、「迷惑だ」と突き放されてショックだった。なのに、繁華街《はんかがい》まで響を迎えに来たりして。まるで、心配してくれたみたいに思えて、また期待したくなる——。

思い返して見れば、伊藤の言動だって、全然一貫性がない。

「でも」と続けた。——だったら。

——気持ち、確かめてみれば？

藤岡《ふじおか》の声がよみがえる。

「確かめるくらい、いいよね」

ずっとずっと迷っていた。

藤岡に話を聞いてもらってからずっと、心の中ではそうしたくて、でも、そんなことしてもいいのか、先生の迷惑になってもいいのか、迷っていた。だけど。

「……だって、わたし取ったんだもん」

「あ?」ときき返した浩介を、パッと見つめた。

「九十七点!」

決然と顔を上げる。純白のベールをひるがえして走り出す。

「おい、響!?」

浩介を教室に置き去りに、響は文化祭に浮かれた校内へと駆け出した。

*

どこにいるんだろう。

捜していないときや会いたくないときには、ばったり出くわすことも多いのに、いざ捜すとなると見つからない。

(先生)

ウェディングドレスで走る響を、すれ違う人たちが振り返る。

足元は普通のソックスに白の上履《うわば》き。だけど、今はこれが響のガラスの靴《くつ》だ。

伊藤先生の担任の教室。職員室。社会科準備室。吹奏楽部《すいそうがくぶ》の演奏が響く中庭……。人混みの中を捜して捜して、さすがに息が切れてきた。

廊下《ろうか》を走りながら、ふと、何かが目の端をかすめた気がした。いるはずのないところに人がいる。足をゆるめて窓から見上げる。

屋上。柵《さく》にもたれ、こちらに背を向けている人影は、響の捜し人のように見えた。

（せんせい）

伊藤先生。

屋上に続く階段を、ドレスをたくし上げ、まっすぐに駆け上がる。

（今日だけです。今日だけ……！）

屋上に出るドアを勢いよく開いた。びゅうっと風が吹き抜けて、響のベールをなびかせる。

「……っ」

突然開いたドアに、ぎょっとしてこちらを見た伊藤先生と目が合った。

「あ……」

やっと見つけた。全身から力が抜ける。

響が肩で息をついていると、先生がなんとも言えない表情で言った。

「なんだ、その格好」

「えっ、……あ」

と、自分の服装を見下ろし、おずおずと彼の顔をうかがった。

「……どうですか?」

「似合ってない」

「ひどい!」

先生の性格だから、すんなり褒《ほ》めてくれるなんて思ってなかった——けれど、少し、本当に少しだけ、期待していた。だって、せっかくウェディングドレスなのに。

響が唇をとがらすと、先生は表情をやわらげた。

「……それでも、そうだな。おまえらでも、いつか本物の花嫁衣装、着るときが来るんだもんなぁ。笑えるよな……」

感慨《かんがい》深げに、まぶしいものを見るように響を見る。そこに交じるわずかな寂寥《せきりょう》を、響は正しく読み取った。

響が本当の花嫁衣装をまとうとき、隣にいるのは、きっと、伊藤先生じゃない——。

見つめ合うと、せつなさが響くように胸にこみ上げた。泣きそうになって、泣かないように唇を引き結ぶ。

響はゆっくり、まっすぐ先生に近づいて、彼の前にひざまずいた。彼が手にしていた本の上に、そっと自分の手をのせる。

「……！」

目を瞠《みは》る先生の顔を見てから、目を伏せた。敬虔《けいけん》な気持ちで頭《こうべ》を垂れ、誓いの言葉を口にした。

「わたくし、島田《しまだ》響は、病めるときも健《すこ》やかなるときも、卒業しても、就職しても、ずっとずっと……伊藤先生を、一生愛することを誓います」

それは、響の心の中にある、一番大切な気持ちだった。

差し出しても、きっと受け取ってもらえない。報われないこともわかっている。それでも彼に伝えたい気持ちを確かめて、自分の知っている最上の言葉で差し出した。

伊藤先生は一言も返さない。でも、驚いている気配は伝わってきた。それから、たぶん、ものすごく困らせてしまっているのだろうということも。

だから、響はとびきりの笑顔で、顔を上げた。

「なーんてっ！　ごめんなさい。こういうの、これで最後にする！」

だから今日だけ。今だけ、自分の勝手を許してほしい。

伊藤先生の目を見つめて、彼をこれ以上困らせないように、無理やり明るい口調で言った。

「ちゃんと生徒に戻るね。それで、今度こそ目指すよ。素直で、言うことよく聞く……っ!?」

響の言葉は途中でぷつりと切れてしまった。

先生が響の腕を引き、強く、彼の胸へと抱き寄せたから——。

「!」

響のつよがりを止めるように、彼の唇を響のそれに重ねたからだ。

一瞬、何が起こっているのかわからなかった。すべての音が、響の世界から消え失せた。

——そこは、いつもの学校で。

階下では、クラスメイトたちが文化祭に浮かれていて。

もしかしたら、今頃、ちーちゃんや浩介は響を捜しているかもしれない。文化祭を一緒に回ろうと約束していたし、もうすぐ仮装コンテストも始まってしまう。

何もかも、いつもどおりの学校だった。ただ、伊藤先生だけがいつもと違った。強い腕で響を抱き締め、口づける。まるで誓いのキスのように——。

「……」

触れ合っていた唇がそっと離れていっても、響は呆然《ぼうぜん》と固まっていた。

信じられない。今、自分は確かに先生にキスされたのだ。たった今の出来事なのに、白昼夢《はくちゅうむ》を見たみたいに自分が信じられなくて……。

白いベールがふわふわ揺れる。身じろぎすらできないでいる響から、先生がゆっくりと体を離した。伏し目がちに、懺悔《ざんげ》しているようにも見える表情で立ち上がる。

(せんせい)

呼び止めたかった。けれど、声が出ない。

(先生)

どうして、ときたかった。なのに、やっぱり、喉《のど》の奥がふさがったように声は出なくて。

すがるように見つめたけれど、先生はもうこちらを見なかった。そのまま黙って踵《きびす》をかえす。

言葉どころか、目も合わせてくれないで、屋上から校舎に入っていく彼の背中を、響はその場にへたりこんで、ただただ呆然と見送った。

重ねられた唇が、まだ彼の感触を覚えている。それをなぞって確かめるように、指で自分の唇を押さえた。

（どうして……？）

頭を占《し》めるのはただそれだけだ。

やがて我に返って、のろのろと校舎に戻ったときも、クラスに戻って、ちーちゃんや浩介、クラスメイトたちに、どこに行っていたのか散々問い詰められたときも。ずっとずっと、考えていた。

（どうして？　先生……）

＊

南高文化祭の後夜祭は、校庭でのキャンプファイヤーで締めくくられる。パチパチと爆《は》ぜる炎が、生徒たちの顔を白く染め、宵闇《よいやみ》にぼんやり浮かび上がらせていた。

炎の向こうに伊藤先生がいた。担任クラスの男子たちに肩を組まれ、迷惑そうな顔で何か言いながら笑っている。

（どうして？　先生……）

どうして、そんなにいつもどおりでいられるの？

響はキス一つでこんなにも心をかき乱されているのに。

（わたし、どうしたらいいの？）
すがりついて問い詰めたいような気分で見つめる。
先生はこちらを見ない。視線はどうしても嚙《か》み合わない。
ぎしりと軋《きし》む胸の痛みをこらえながら、響は炎の向こうに助けを求めた。
（教えてください、先生）

【13】

その日の学校は、どことなくよそよそしい顔で響《ひびき》を迎えた。

文化祭明けのなんでもない日。空は一面灰色の雲に埋め尽くされて、すっきりしない。

昇降口に入ったときから違和感はあった。視線を感じる。しかも複数。

「ねえねえ、C組の島田《しまだ》って、あの子じゃない？」

「うそ、あんな地味なのが？」

「絶対そうだよー！」

ひそひそとした話し声と、かすかな嘲笑《ちょうしょう》。好奇心と揶揄《やゆ》と嫌悪、それから嫉妬《しっと》も少し。

そんな感情が入り交じった目が、いくつも響に向けられている。

「偶然、一年の男子が見たらしくてさ」

「まじで？」

どうにも居心地が悪く感じて、響は内心首をひねった。そのときだ。

「響！」

廊下《ろうか》の向こうから、ちーちゃんが駆け寄ってきた。大きな声と泣きそうな顔、そのスピードにも気圧《けお》される。

「ちーちゃん？」

「こっち！」

がしりと腕を摑《つか》まれて、問答無用で人気《ひとけ》のないほうへ連れて行かれた。

とは言っても登校時刻、校内には至るところに人の姿がある。人目を避けて、たどり着いたのは体育館の裏だった。なぜか浩介《こうすけ》もそこにいる。

「どうしたの、ちーちゃん。何があったの？」

わけもわからずたずねると、千草《ちぐさ》は言いにくそうに口ごもった。

「あ、あのね、響。ええと、その……これ」

差し出されたスマートフォンを受け取る。と、同時に、ざっと血の気が引いた。

「え……」

画面に呼び出されていたのは、SNSの投稿記事だった。誰のアカウントかはわからない。けれども、そこに上げられた写真に映っている人物には、見覚えがありすぎるほどだった。

校舎の屋上で抱き合う伊藤《いとう》先生と響。響のほうは純白のウェディングドレスをまとっている——あの文化祭の日の写真に違いない。記事の下には、『これ、やばくない?』、『2-Cの島田だろ』、『まじで伊藤詰んだ!』といったおもしろ半分のコメントがずらずらと続いていた。

「ネットで出回ってて、どんどん拡散してる。さっき伊藤が、校長に呼ばれて行った」

固い口調で浩介が言う。響はハッと顔を上げた。

「行かないと」

「何言ってるの」と、千草が響の腕を掴む。今にも泣き出しそうに顔をゆがめて、彼女は響の腕をぐいぐい引いた。

「やだよ? ねえ、逃げようよ、響!」

「逃げるって。んなことしたって、なんにもならねぇだろ!」

浩介があいだに割って入る。二人のあいだで、どうしたらいいのかわからずおろおろしていると、背後から冷静な声がかけられた。

「いいえ、そうしてちょうだい」

びくっと肩を震わせ、振り返る。三人から少し離れたところに、中島《なかじま》先生が立っていた。

彼女はため息混じりに「こんなところにいたの」と呟《つぶや》いた。諭《さと》す口調で響に言う。

「島田さん、あなたは一度、家に帰って」

「でも！」

「子供が出ても、どうなる話じゃないの。大人にまかせておきなさい」

居丈高《いたけだか》な物言いに、浩介が食ってかかる。

「またそれかよ！　響は真剣に……っ」

「真剣なことが偉いとでも思ってるの⁉」

今までけっして取り乱した姿を見せなかった中島の怒声に、響は息を呑《の》んで固まった。

中島は響を見てはいなかった。浩介を見つめて、苦しげに言った。

「そのまっすぐさが相手を傷つけることにも気づけない。だから、子供だって言ってるのよ！」

中島の思わぬ姿に、浩介も声を失っている。

中島は、浩介から引きはがすように視線をそらし、響の目を見つめて言った。

「とにかく、今日は帰りなさい」

＊

同じ頃、伊藤は会議室に呼び出されていた。

テーブルをコの字に並べた中心に立たされた彼を、何人もの教師たちがぐるりと取り囲む。その目は嫌悪と迷惑だという気持ちを隠さない。

「これは、伊藤先生と、2年C組の島田響とで間違いありませんね？」

教頭が突きつけてきたタブレットに映し出されていたのは、問題の写真だった。ウェディングドレスを着た響を、自分が抱き締めている写真。

「はい」と答えた。事実がこうして目の前にあるのだ。それ以外に答えようがない。

「はいって、きみね！」

激昂《げっこう》した教頭が詰め寄った。それを制して、校長が言う。

「どういうことか、説明していただけますか？」

人格者だなと思った。話が長いのが玉に瑕《きず》だが、こういう人が校長であってくれるのは、その下で働く教師たちにも、生徒達にもありがたい。もっとも、伊藤は今まさにその場を追われようとしているが。

息を整えて答えた。

「……見てのとおりです。弁解の余地はありません。……本当に、申し訳ありません」

腰を折り、深々と頭を下げる。

教頭が怒りにわななく声でわめいた。

「伊藤先生、これはきみ一人の問題じゃない。うちの教員全員の信用に関わる問題なんだぞ！　謝ってすむとでも思ってるのか……っ」

怒りのあまり、口が回らなくなっている。口うるさいが、保身のためだけではない。この人はこの人で真剣に教師のあるべき姿を目指しているのだ。だいたい、彼の言っていることはもっともである。大人なら誰でもわかるだろう。わかっているから、伊藤は頭を下げたまま反論しなかった。

しばしの沈黙を挟み、校長がおもむろに口を開いた。

「伊藤先生。このままでは処分はまぬかれません。それでよろしいんですか。あなたの本心を聞かせていただけませんか」

これには少々戸惑った。本心。自分の本心とは何を指すのだろう。教師としての本心か、それとも、個人としての本心か。伊藤貢作《こうさく》個人としてだって、大人としての本心と、男としての本心は異なっている。

伊藤はゆっくりと顔を上げた。校長の目を見て、口を開く。

「私は……」

自分の心を隅々まで見つめながら。

＊

その一部始終を、会議室前の廊下でこっそり盗み聞きしている生徒がいた。千草と浩介だ。

とりあえず帰った響のために、何か少しでも情報を得ようとして、中から漏《も》れ聞こえてくる伊藤の窮地《きゅうち》にハラハラしていたが、やがて、伊藤が語り出した本心にたまらなくなってしまった。

みるみる瞳をうるませて、千草が浩介を見上げる。浩介も眉《まゆ》を寄せて、千草を見下ろした。

こんなときにも、表立っては力になれない。子供は本当に無力だった。

＊

放課後の弓道場《きゅうどうじょう》も、二人の噂話《うわさばなし》でもちきりだった。

「うそ、島田先輩……」

「えー、めちゃくちゃ真面目《まじめ》そうだったのに……」

南高の弓道部員たちはそこかしこに固まって、ひそひそとおしゃべりし、的前《まとまえ》に進む者は北高の部員ばかりだ。

そのようすを、藤岡《ふじおか》は眉をひそめて見ていた。

「どうした？」

たずねると、北高の男子部員が声を低くして答える。

「ああ……、なんか、すごい騒ぎだったらしいぞ。島田って女子いるだろ。教師とデキてたらしくて……」

「！」

息を呑《の》んで、立ち尽くす。

直観的に、自分のせいだと思った。

——どうせあきらめるなら、気持ち、確かめてみれば？

そう響をそそのかしたのは、まぎれもない、自分だったから。

言われてみれば、弓道場には浩介と千草の姿もない。響は——彼らは今、どうしているのだろうか。

藤岡はポーカーフェイスの下で、彼らを思った。

【14】

響《ひびき》は自分の部屋のベッドに横になっていた。

伊藤《いとう》は、自分は、これからどうなるのか。考えるだけでも、こわくてこわくてたまらなかった。

ただ人を好きになっただけなのに、相手が先生だったというだけなのに。彼を好きでいるだけなら許されると思ったのは間違いだった。人目についてしまった響の恋は、響の大切な人を追い詰めて、もうどうしたって取り返しはつかない。絶望ばかりが、頭も心も埋め尽くしていく。

どれくらいそうしていただろう。トントンと部屋のドアをノックする音が聞こえて、響はびくりと肩を揺らした。

「響。お母さん、出かけてくるから。冷蔵庫の海老《えび》ピラフ、チンして食べて」

なんでもないふうを装った、母の声が耳から耳へと通り抜けていく。

響が答えないでいると、ためらうような間を挟んで、母は「響」と名を呼んだ。

「あのね……、お父さんも、お母さんも、あなたを責めるつもりなんてないの。ただ、高校生らしい普通のしあわせを手放してほしくない。それだけ」

祈るような声だった。

母はしばらく響の返事を待っていたようだけれど、やがてあきらめたように階段を下りていく足音がした。

――高校生らしい普通のしあわせ。

母の言葉をぼんやりと反芻《はんすう》する。

（……それって、具体的にはどんなこと……？）

毎日元気で学校に通うこと。友達と楽しく過ごすこと。勉強や部活に打ち込むこと。恋をするなら、同級生や先輩とあわい気持ちを寄せ合うくらいが望ましい？　――そんなこと、響はちっとも望んでいないのに。響が好きになったのは、ただ一人、伊藤先生だけなのに……。

物思いに沈んでいると、唐突《とうとつ》にスマートフォンが震えだした。のろのろとその画面を見る。浮かび上がるのは見たことのない番号だけ。登録している番号ではない。

どうしようか。少し躊躇《ちゅうちょ》して、思い切って通話のボタンをタップした。

「はい……？」

こわごわ、電話に出た響の耳に、ふっとため息混じりの声が聞こえた。

『伊藤です』

スマホを取り落としそうなくらい驚いた。思わず、その画面を見る。

「先生⁉」

電話の向こうで、『ああ』と彼の声が言った。

＊

愛車の助手席に響を乗せて、先生が向かった先は海だった。

彼は海辺の駐車場に車を駐め、響に「待ってろ」と言い置いて、どこかへ行ってしまった。響は助手席に座ったまま、ぼんやりと、潮騒《しおさい》の音を聞いていた。

夏は海水浴客でにぎわう海も、今は閑散《かんさん》としている。ジャンパーを着ていても、エアコンの切れた車内はひんやりと感じられた。もうすぐ冬がやってくる。物寂しい風景だが、どこかでホッとしてもいた。ここなら伊藤先生と二人でいても、見咎《みとが》める人はいない。

先生が車に戻ってきた。

「寒くないか？」

言いながら運転席に乗り込むと、エンジンはかけないまま、響に缶コーヒーを差し出してくる。あたたかい。思わず笑みがこぼれた。

「……出世した」

「出世？」

「先生、前に病院の自販機で買ってくれたの、いちごオレだった」

響が言うと、先生は少しあきれたような、でもやさしい顔で笑った。

「よくそんなこと覚えてるな」

缶を両手で包むようにして響も笑う。

「子供扱いされてるのかなって、思ってたんです。でも、缶コーヒーになった……」

響の言葉に、先生は何も言わなかった。

彼はしばらく黙って鈍色《にびいろ》の海を見つめ、やがて「すまない」と謝罪を口にした。

「俺のせいで、学校でも気まずい思いをさせてしまうかもしれない……。本当に、すまない」

痛みをこらえているような、深い後悔《こうかい》の表情だった。

響は思わず叫んでいた。

「謝らないでください！」

違う、と首を横に振る。

先生は何度も響を遠ざけようとした。「やめとけ」。「俺が教師で、おまえが生徒だから」。「迷惑だ」……。そのたびに「好きでいるだけだから」と食い下がったのは響だった。なのに、いざこんな事態になれば、謝罪するのは伊藤なのだ。本当に、たまらなかった。

「わたしこそ、先生を困らせてしまって……。ごめんなさい。わたし、大丈夫です」

我ながら、無理のある「大丈夫」だった。

先生は何も言わない。息苦しい沈黙が車内を支配する。響は手の中のコーヒーを見つめ、呟《つぶや》くように言った。

「……本当に、大丈夫なんです。人の目なんて、どうだっていい。誰に、なんて思われたっていいんです。……学校だって、やめたっていいし」

その一言に、先生が目を見開く。

投げやりになっているつもりはなかった。ただ、それが本心だった。けれども、先生は狼狽《ろうばい》したようにこちらを見ている。

響は迷わなかった。

「先生、教えてください。なんであのとき、抱き締めてくれたんですか？　なんで……、あのとき……」

——キスをしてくれたのか。

その一言を声にできずに、自分の唇に指先で触れる。あのときの感触を思い出そうとするように。

伊藤先生は、難しい表情で海を見ていた。厳しい横顔をそっと見つめる。

そこに、場違いに明るい笑い声が割り込んだ。他校の制服を着た、高校生のカップルだった。

手をつないで、笑顔を互いに向け合って、晩秋の寒さなんてものともせずに、踊るような足取りで砂浜を歩いて行く。

先生は眼鏡《めがね》の奥の目を細め、彼らが通り過ぎるのを見守った。

それから、くっきりとした輪郭《りんかく》のある声で言う。

「魔が差した。……ただ、それだけだ」

呆然《ぼうぜん》とした。

本当は「違うでしょう」と言いたかった。この機会を逃したら、もう二度と本心を聞くことはできないかもしれないのに、この期《ご》に及んでまだ響を遠ざけようとする。それはたぶん、彼自身のためではなくて、響のためだ。それが響にはたまらなくもどかしい。駄々《だだ》っ子《こ》みたいに、違うでしょうと泣いてわめきたい衝動に駆られる。

でも、だめだった。眼鏡に隠された彼の目元はせつなげに、けれどきっぱりと前を見ていた。もう何かを決めてしまった大人の顔。……そんな顔をされたら、響には何も言えない。彼の決意をひるがえすだけの言葉も力も、響はもたない。

唇を噛《か》んでうつむいた。震える声で、「わかりました」と言った。言ってしまった。無力感に脱力する。短くて長い響の恋も、これで本当におしまいだ。響が、あきらめることを受け入れてしまったから。

話は終わったと言わんばかりのタイミングで、先生が車のエンジンをかけた。

「家まで送る」

響は「駅まででいいです」と断った。これ以上、二人きりでいて、泣かないでいられる自信がない。

それに今、響の自宅周辺は、誰の目があるかもわからないから……。

伊藤は、「わかった」と頷《うなず》いた。

【15】

駅のホームのベンチで、電車を待っていた。……待っているふうを装っていた。本当は、このままどこか遠く、誰も自分を知らない場所まで行ってしまいたかった。

伊藤《いとう》先生も響《ひびき》も、誰も自分たちを知らない場所まで逃げたら、一緒にいることを許されるのだろうか――まだそんな空想が湧いてくる。そんな自分が惨《みじ》めだった。現実には、響は一人、先生に突き放され、親の庇護《ひご》下へ帰される途上だ。

駅のホームに、冷たい風が吹きすさぶ。何本もの電車が響の前を通り過ぎていった。

スマートフォンが着信を告げている。取り出したその画面にあった名前を見て、響はちょっと戸惑った。藤岡勇輔《ふじおかゆうすけ》。

どうしたのだろう。電話番号は交換したが、今までかかってきたことなどなかったのに。

「……はい」

『もしもし』

「……藤岡くん？」

電話に出ると、向こうからは、思い詰めたような空気が伝わってきた。

『話聞いた』

いきなり切り出す。礼儀《れいぎ》正しい藤岡にはめずらしい。

驚いたが、何のことかはもちろんわかった。このタイミングで聞く「話」など、伊藤先生とのこと以外にはないだろう。

藤岡は頭を下げている姿が目に浮かぶような口調で言った。

『俺がけしかけたりしたから……ごめん』

苦悩のにじむ声だった。

――どうせあきらめるなら、気持ち、確かめてみれば？

先生に「迷惑だ」と突き放されて、身動きがとれなくなっていた響に、そうアドバイスしてくれたのは藤岡だった。確かに、文化祭の日の屋上での行動を後押ししたのは彼の言葉だ。だけど、そんなことで彼を責めるつもりはまったくなかった。

「そんな。藤岡くんが謝らないで」

先生に、今の自分が持っている、一番大事な気持ちを差し出した。決めたのは響だった。受け取ったのは先生だ。藤岡は悪くない――関係ない。

ホームにまた、響の自宅方面へ向かう電車が入ってくる。とっさにそれを言い訳にした。

「あ、電車来たから」

藤岡は『えっ』と戸惑ったが、引き留めはしなかった。

『あ……そっか』

今は誰とも話したくない、響の気持ちを汲《く》んでくれたのかもしれない。藤岡にはそういうところがある。皆まで言わなくてもわかってくれて、わかりづらいやさしさをくれるのだ。そういうところが、先生に似ていると思っていた。

「うん。じゃあ、また」

『うん、また』

そう言って通話を切った。

何を言われても、何を聞いても、伊藤先生のことを思い出してしまう。こんなに好きなのに、きっと今度こそ、これで終わりだ。どうにもできない、自分の無力さを噛《か》み締める。

自分は子供だ。自分の恋の行く末さえ、自分で決めることを許されない。

どうして子供なんだろう。どうして、伊藤先生は、響と同級生じゃなかったんだろう。なぜ、大人と子供、教師と生徒として出会ってしまったんだろう。同じ高校生で会えていたら、伊藤は自分を選んでくれたかもしれないのに。

こらえてこらえて、とうとう目尻からあふれだした涙が、暗くなったスマホの画面にぽたりと落ちた。

＊

結局、そのまま駅のホームで散々泣いて、響が自宅の最寄《もよ》り駅に着いたのは、ずいぶんあとになってからだった。

泣き腫《は》らした目でとぼとぼと歩く響の横を、周囲の人たちはまるでいないもののように通り過ぎていく。

（お母さん、心配してるかも……）

何も言わずに出てきてしまった。そうでなくても、今日は朝から心配をかけどおしだ。

もし響が部屋にいないことに気付いたら、今頃大騒ぎになっているかもしれなかった。

憂鬱《ゆううつ》な気分がさらにずしりと重くなる。重い足取りで改札を出たときだった。

「島田《しまだ》さん」

名前を呼ばれ、響はぎくりと足を止めた。

立ち尽くす響の目の前、ロータリーに自転車を停め、藤岡が待っていた。

「藤岡くん⁉　どうして……」

叫んだ声がひっくり返る。近寄ると、彼は少し痛みをこらえるような表情になった。

「……泣いてるのかなって、思ったから」

彼の視線が自分の目元にあてられていることに気付き、慌ててうつむいた。今更だけれど、気持ちだけでも。

藤岡は低い声で言った。

「噂《うわさ》なんて、みんなすぐに飽《あ》きる。たとえば、島田さんが、これから普通のつきあいをすれば……。みんな、いつか話題にもしなくなる」

彼はまっすぐに響を見た。

「それ、俺じゃやだめ？」

「え……？」

どきっとした。言葉の意味は呑《の》み込めなくても、告白されているのだということは感覚でわかる。

目を見開いて固まった響が、ちょうど彼の言葉を理解するだけの間をとって、彼は続けた。

「俺、去年の大会のときから、島田さんのこと、いいなって思ってた」

はっきり言われて、ようやく告白されている実感が湧く。「あ……」と口を開いたものの、あまりに思いがけないことで、続く言葉が見つからなかった。

藤岡は、わかっていると言いたげな顔でかすかに頷《うなず》いた。

「答えはすぐにじゃなくていい。……だけど、そういう気持ちがあるのに、隠してるのはなんか気持ち悪いから……。先に言っておこうかなって。それだけ」

最後を軽い口調にしてくれたのは、きっと響に気持ちの負担をかけないためだ。

藤岡は自転車を押しながら、「家まで送るよ」と言った。

——家まで送る。

ついさっき、伊藤先生にかけられた言葉と同じだった。「駅まででいい」と断ってしまった、先生の気遣い。

少しだけ迷って、響は「うん」と頷いた。

藤岡は「答えはすぐにじゃなくていい」と言ったけれど、彼の気持ちに甘えてはいけない。自分はまだ先生のことが好きだ。

そう自分を戒《いまし》めながらも、今だけ、人のやさしさに甘えたい自分を許した。

【16】

響《ひびき》が学校を休むようになって数日がたった。

連休前のホームルーム。担任の関矢《せきや》が、教壇《きょうだん》で話しにくそうに言葉を探している。

「連休だからって、ハメ外しすぎないように。あくまで、きみたちは高校生の自覚をもって、行動してください」

高校生の自覚――その言葉は否応《いやおう》なく今話題の二人を思い起こさせる。

ざわめく教室を薄目で見ながら、浩介《こうすけ》は内心ため息をついた。奥歯にものが挟まったような物言いをするから、余計に生徒たちの関心を煽《あお》るのだ。もっとさらっと、うまくやってくれと思う。

浩介は響の席をちらりと見やった。響は今日も欠席だ。

私語で収拾《しゅうしゅう》がつかなくなりつつある教室を困ったように見回し、関矢が「で、」とさらに口の中で言葉を選んだ。

「あと、あの……世界史の伊藤《いとう》先生なんだけど……」

ざわっと生徒たちの関心が関矢に集まる。今度は千草《ちぐさ》と浩介も同様だ。

「今度、別の高校に転任されることになった」

関矢の報告に、二人は大きく目を見開いた。

＊

その頃、響は私服のまま、弓道具《きゅうどうぐ》を手に部屋を出たところだった。

さいわい、謹慎《きんしん》中というわけではないから、外出は自由だ。学校をさぼっている罪悪感はあるけれど、ほとぼりが冷めるまで学校には行けない。

今日は気分転換に弓を引きに、市営弓道場に行こうと思っていた。そう藤岡《ふじおか》に誘われたのだ。身なりを整え、道具を持って家を出る。

——と、

「響っ‼」

ちーちゃんが血相を変えてこちらに走ってくるところだった。

「ちーちゃん⁉」

響が驚いているうちにも、ちーちゃんはすごい勢いで駆けてきて、響の前で膝に手をつき、肩でゼェゼェと息をしている。

「し、死ぬ……」

ただならぬようすに、響はおずおずと声をかけた。

「ちーちゃん、どうしたの？」

「響！　あのね、大変なの！　伊藤、いなくなっちゃう……!!」

キッと顔を上げ、叫んだちーちゃんの言葉に、響はヒュッと息を呑《の》んだ。

＊

同じ頃、職員寮では、伊藤が部屋の荷物を整理していた。

男の一人ぐらしとはいえ、教師は何かと書類や本のかさばる職業だ。家具や家電、食器や服などはあっという間に片付いたが、本棚《ほんだな》だけがまだ手つかずで残っている。

カラーボックスの中身を段ボールに移していた伊藤の手が、ふと止まった。もう使えない、壊れた眼鏡《めがね》。彼のバカでかわいい教え子が、壊してしまったものだった。

――先生は、わたしがちゃんと守りますから！

響の声が耳によみがえる。バカだなと思った。あのときよりも、ずっといとおしい気持ちで。

伊藤は大人だ。十歳ほども年下の女子生徒に守られてやるわけがない。守られるべきは響のほうだった。こんな、なんでもない一教師に、何もかもささげんばかりのひたむきさで恋してくれた、愚《おろ》かでかわいい、伊藤の教え子。

荷造りの手が止まっていることに、物音で気付いたのかもしれない。部屋の奥から、中《なか》島《じま》が「荷物はこれだけですか？」と声をかけてきた。少しきまり悪い気分で、「はい」と答える。

「手伝っていただいて申し訳ないです」

中島は「大丈夫ですよ」と頷《うなず》いて、それから、ためらいがちに言葉を継いだ。

「それより、本当にいいんですか？」

彼女がそこまで言ったときだ。部屋のドアを外からガンガン叩く音が響いてきた。

来客の予定などなかったが、誰だろう。しかも、こんな乱暴に――。怪訝《けげん》に思っているうちに、来訪者は勝手にドアを開け、ドカドカ室内に踏み込んでくる。浩介だった。

「どうした？」と伊藤がきくと、彼は挑発的な目でこちらを見た。

「逃げんの？」

「……」

表情には出さないが、ムッとする。響といい、浩介といい、教師は何を言っても黙って聞くとでも思っているのだろうか。

それでも伊藤が沈黙《せんべつ》を貫いていると、浩介はハッと鼻で笑った。

「じゃあ、俺からも餞別。いいっすか」

言うなり、拳《こぶし》を固めて殴《なぐ》りかかってくる。伊藤はとっさにそれを避けた。背後で見ていた中島が悲鳴を上げる。

ギラギラした目で伊藤を睨《にら》み、浩介は忌々《いまいま》しそうに吐き捨てた。

「避けるなよ」

「避けねぇと当たるだろ。なんで俺がおまえに殴られなきゃならないんだ」

「見てて腹立つからだよ！」

叫ぶなり、浩介は伊藤の胸ぐらを摑《つか》んで締め上げてきた。中島が「やめなさい、川合《かわい》くん！」と悲鳴のように叫ぶ。浩介は聞かなかった。

「なんだよ転任って！　格好つけんなよ……いつまでも、大人ぶって逃げてんなよ！」

乱暴に突き飛ばされ、無様《ぶざま》によろける。

浩介は嘲《あざけ》るような表情で伊藤を見据えた。まだ気が治まらないのか、片手で胸ぐらを摑んでくる。

「おい……やり返せばいいじゃん。できないんだろ？　俺は生徒で、あんたは先生だもんなぁ？」

そうだ。そのとおりだ。大人には立場というものがある。感情のままに行動できるのは、彼らが子供だからに他ならない。

「でも、だったら、どうして響のこと、ハンパに受け入れたんだよ!?」

泣きそうな顔で、悲鳴のように吐き出されたその言葉は、締め上げられた襟元《えりもと》よりも痛かった。苦しさに、伊藤はぐっと眉《まゆ》をひそめた。

＊

「響、伊藤のとこ行ってあげて！」

ちーちゃんの悲痛な声に、響は眉を寄せた。

このあいだ、二人で海を見に行ったとき、確かにこれで最後だと思った。でも、その予感は漠然《ばくぜん》としたもので、先生が転任するとか辞めるとか、そんなことは——そんなおそろしい可能性は、考えることを拒否していた。

伊藤先生が転任してしまったら、もう二度と会えなくなる。教師と生徒という関係に縛《しば》られて、もどかしくてしかたなかったけれど、そのつながりすらなくなったら、二人はもう赤の他人だ。

会いたかった。せめて最後に、もう一度だけ。

けれども、響は首を横に振った。

「……わたしは、行けない」

「ど、どうして……っ？」

ちーちゃんが呆然《ぼうぜん》と目を瞠《みは》る。裏返った声が、彼女の動揺《どうよう》の深さを表していた。

ちーちゃん。やさしいちーちゃん。響の親友。いつだって響の気持ちに寄り添ってくれて、響が先生に恋してからは、ずっと応援してくれていた。

こんな場面なのに――こんな場面だからかもしれない、不意にちーちゃんに対する感謝が胸に浮かんで、響はふわっとほほ笑んだ。ゆっくりと言葉を選ぶ。

「……好きになっちゃ、いけない人だったんだよね。最初から」

「響……」

うるっとちーちゃんが目をうるませる。泣かせたくないな、と思った。でも、きっと、泣かせてしまう。

「前に、伊藤先生に言われたんだ。高校生なんだから、もっといろんな経験しろって。他の誰かを好きになれるかは、まだわかんないけど……」

でも、その努力をしてみようと思う。

ちらりと、背中に負った弓道具に視線をやった。その視線を追うように弓道具を見て、ちーちゃんが「それ……」と呟《つぶや》く。

「……気分転換に、市営の弓道場で練習しようって、誘ってもらったんだ」

「えっ、誰に?」

「藤岡くん」

伊藤先生や両親が言う、「高校生らしいしあわせ」——高校生らしい恋愛。その相手が藤岡なら、誰も文句は言えないだろう。礼儀正しくすがすがしい、理想の高校生のような彼ならば。

けれども千草はうつむいて、やがて喉《のど》の奥から押し出すように「いやだよ」と言った。

「え?」

千草はパッと顔を上げた。マスカラに縁取《ふちど》られた大きな目に涙を溜めて、必死な表情で言い募《つの》った。

「いやだよ、おかしいよ! ……先生、いっつも難しいことばっか言ってるのに、どうして簡単なこと、全然言えないんだよ……っ」

後半は伊藤への恨み言のようだった。

「ちーちゃん……？」

すっかり泣き笑いの表情で、でも、疲れた響を励《はげ》まそうとするように響の両手をぎゅっと握って、力強くちーちゃんは言い切った。

「ねぇ、響。世の中に、好きになっちゃいけない人なんていないよ、絶対」

＊

一方、伊藤は浩介の容赦《ようしゃ》ない追及を受けていた。

「俺、うれしかったんだよ。あの会議んとき！　あんたが言ってくれたこと……。でも、責任の取り方が間違ってんだよ！」

まっすぐに睨んでくる浩介の目を、伊藤は見返した。感情まかせに行動して許される子供の傲慢《ごうまん》さは、今の伊藤にはまぶしくて、少し痛い。

「それは、」と口を開いた伊藤をさえぎり、中島がたまりかねたように言った。

「伊藤先生は、島田《しまだ》さんのことを一番に考えて……」

「考えて、響のために自分が泥かぶって逃げんのか⁉　そんなの、あいつはこれっぽっちも望んでねぇ！」

響の飾らない笑顔が目蓋《まぶた》に浮かんだ。冬の日の陽だまりみたいな、素直であたたかい笑顔。確かにかわいいと思っていたのに、伊藤への好意を自覚してから、どんどん減っていったそれ――。

伊藤は目を伏せた。

「……今は望んでないかもしれない。けど、あいつのこれからのことを考えたら、これしかないんだ」

「んなもん、誰が決めたよ！　こういうのはよ、どっちだけのせいとかねえだろ⁉　俺たちにもちょっとは背負わせろって言ってんだよ！」

――俺たち。

そこまで言われて、やっと気付いた。彼は響に自分を重ねている。だから、こんなにも必死になるのだ。当事者の言葉だと思うと、彼の言葉は余計に鋭く伊藤を刺す。

中島が痛みをこらえるような表情で言った。

「伊藤先生は、大人として……」

「あー、大人大人うっせぇな！」

浩介は、中島の言葉にかんしゃくを起こしたようにわめいた。

「そーだ。俺らは子供だよ！　わけわかってねーよ！　それでも、なんとかしようとして必死なんだよ！」

魂から叫んで、伊藤と睨み合う。

「長いこと先生役やりすぎて、自分の本音、見えなくなっちまったんじゃねぇの⁉」

「――」

ああそうだ、と思った。

かつては自分も彼らと同じ子供だった。なのに、いつの間にか「大人」とか「先生」とか、しがらみに囚《とら》われて、自分の気持ちすら見えなくなっていた。

振り下ろされた拳を、甘んじて受けた。ガッと重い衝撃が左頬《ひだりほお》を襲う。

中島が「伊藤先生！」と悲鳴を上げ、浩介は「あ……、入っちった」と、信じられないように自分の拳と伊藤の顔を見比べた。口の中に、じわりと鉄の味が広がる。

よろめき、尻餅《しりもち》をつきながら、胸の内で悪態をついた。この野郎。ちったぁ遠慮《えんりょ》して加減しろ。――とは思うが、濁《にご》った目を覚ますには、このくらい強烈でちょうどよかったのかもしれない。

「そのとおりかもな」という言葉が口を吐《つ》いた。響がこだわっていた、ナポレオンの言葉が脳裡《のうり》に浮かんだ。

『おまえが未来に出会う災《わざわ》いは、おまえがおろそかにした過去の報いだ』

——あとで後悔《こうかい》したくなかったら、今をおろそかにするな。

大人だの教師だの、えらそうなことを言っても、結局は同じ人間だ。時には間違いだって犯す。

苦い思いに眉《まゆ》をひそめた。

「傷ついたあいつに、いつか軽蔑《けいべつ》されるかもしれない……。それがこわくて、逃げようとしてただけなのかもしれない……」

「伊藤……」

戸惑いを隠せず、困ったようにこちらを見ている浩介に笑ってやった。

生徒に説教される日が来るとは思わなかった。殴《なぐ》られた頬は痛むが、響の心は、きっとこの何倍も傷ついたはずだ。

自分の目を覚ましてくれた彼に、礼を言ってもいい気分だった。

＊

――会いたい。先生に会いたい。

ただその一心で、響は自転車をこいでいた。夢中だった。

ついさっき、ちーちゃんから聞いたばかりの話が、ぐるぐる、頭の中を回っている。

「あのとき……あの会議のとき。先生、言ってたんだ」

疲れた人をいたわるような、やさしく穏やかな声で、ちーちゃんは話してくれた。

学校の屋上で抱き合う二人の写真が出回ったとき、先生は会議室に集まった他の先生たちを前に言ったそうだ。

『あいつは真面目《まじめ》で、不器用で、いつも一生懸命で……目が離せなくなった。教師として、放っておけない存在だったんです。……でも、気付けば教師という立場を忘れて……』

想像するたび、感情があふれて泣きそうになる。歓喜と痛み。それから、どうしてそういう大事なことを、直接自分に言ってくれないのかと責めたいような気持ちも少し。

自分の気持ちを伝えたくて、先生の気持ちを教えてほしくて、無我夢中で職員寮へとひた走る。風を切るスピードに、羽織《はお》ったシャツがひるがえった。

『彼女は何も悪くない』と伊藤先生は言ったのだそうだ。それから、『責任は私が取る』と――。

『これ以上、傷つけたくない』

（先生）

響はとうとう立ちこぎになった。がむしゃらにこいで、こいで——上り坂で体勢を崩す。

「あっ……！」

と声を上げたときにはすでに自転車ごと倒れていた。地面に投げ出され、痛みと衝撃で一瞬ふっと意識が遠のく。自転車が地面に打ち付けられて大きな音を立てるのが、どこか遠い出来事のように聞こえた。

感覚が戻ってくると、全身が痛かった。擦りむいた膝はひどく痛む。じわりと涙で視界がゆがんだ。痛い。

「……っ」

でも、心のほうが、もっと、ずっと、痛かった。

（先生を好きになって、……痛かった）

痛みをこらえて立ち上がる。自転車を起こし、足を引きずりながら歩いていく。

通学路の大きな橋。レトロな路面電車が響を追い越していく。

（痛くて、やるせなくて、苦しくて……それでも、好きにならなければよかったとは思わない）

「島田！」

必死に進む響の耳に、自分を呼ぶ声が飛び込んできた。ハッとして立ち止まる。行き交う車と路面電車の向こうに、伊藤先生が車から降りてくるのが見えた。途端に、彼以外のすべてが視界から消える。

（だって、あなたは、生まれて初めて好きになった人）

その人の名を、思い切り呼ぶ。

「——先生！」

二人のあいだを隔《へだ》てるように、車が通り過ぎていく。

「そこにいて！」

身振り手振りを加えて叫び、先生は車に乗り込んだ。車を動かし、響のいる側に駐め直すと、橋のたもとから走ってくる。

居ても立ってもいられなくなり、響も自転車を置いてそちらへ走り出した。

膝が痛い。胸が痛い。心が痛い——だけど、先生に会いたいと、全身が訴えている。

もつれる足で必死に駆け寄り、開口一番、叫んだ。

「先生、ごめんなさい！　学校、やめたりしないでください！　わたし、校長先生たちに話すから……っ。誤解といてみせるから！」

——だから、お願い。先生は先生のままでいて。

なりふりかまわず訴える。

先生はやさしい苦笑を浮かべた。小さな子に言い聞かせる口調で、「もういいんだ」と言った。

「どうして⁉　伊藤先生は何も悪くないのに！」

「だから、それはいいんだよ」

「よくないよ！　何もよくな……っ」

ふいに腕を引かれた。抱き締められた。強く――強く。

「……誤解じゃない」

大切なものを抱えるみたいに、胸の中にぴったりと響を閉じ込めて、先生は言った。静かだけれど、きっぱりとした口調だった。

「島田響を好きになった」

だからいいんだと、響をなだめる。

呆然《ぼうぜん》と見開いた響の目には、みるみるうちに涙が溜まり、やがてぽろりと頰《ほお》を伝った。止めようと思うのに、涙は響の意思などおかまいなしに、次から次へとあふれてくる。

冬の冷たい川風に、涙の跡が冷えて、ピリピリした。

「……なんで、わたし、子供なんだろう」

あえぐような訴えに、先生は黙って抱き締める腕の力を強くして、響の頭を撫《な》でてくれた。子供のままでもかまわないと言うように。

けれども、それではいけないのだ。

「早く、早く、大人になりたい」

響は先生の胸に顔を押しつけた。こんな直情的な行動こそが、子供の証拠だとわかっているのに。

頬から顎《あご》へ、愛《いと》おしむように指を滑らせて、流れる涙を拭《ぬぐ》ってから、先生は響の頭を撫でてくれた。その手をゆっくりと口許《くちもと》に持っていく。

響の涙に口づける直前、ふと手を止めて、伊藤は響からそっと体を離した。真剣な表情で響を見つめる。

「……いつか、ちゃんとつきあおう。それまで待っていてほしい」

きっぱりとした声に、彼の決意が宿っていた。

はじめて彼から示された未来のかたちに、響は唇をわななかせた。うれしい。すぐに返事がしたいのに、返事どころか頷《うなず》くことすらできないくらい。

けれども、先生はそのわずかな沈黙に怯《ひる》んだように付け足した。

「無理にじゃなくていいんだ。もし、そのあいだに、おまえが他のやつを好きになったなら、それでもかまわない……」

響は内心ちょっと苦笑した。

きっと、こうして逃げ道を示してくれるのも、大人の彼のやさしさなのだ。だけど、そんなものいらないのに。ただ、響の気持ちを信じてくれるだけでいいのに。

じっと、眼鏡《めがね》の奥の瞳を見つめる。本当にいいの、と心の中でたずねてみる。

先生は途中で言葉を切り、自分の本心をのぞき込むように数秒、黙った。それから、少し照れたような、それでも真剣な表情で、改めて響を見つめる。

「……いや。俺を、待っててくれ」

笑みがこぼれた。うれしくて、うれしくて。

そんな響を抱き寄せて、伊藤もほっとしたような笑みを浮かべる。

すり抜けていく自転車。橋を行き交う車の音。通り過ぎる路面電車。たくさんの人たちが、二人の横を通っていく。

誰も二人をとがめなかった。伊藤貢作《こうさく》と島田響。一人と一人としてならば、互いに好きでいることは罪ではない。響が高校を卒業すれば、周囲もとやかく言わなくなる。そんな未来を信じている。

空からちらちらと今年最初の雪が舞う中、互いの目の中に、互いの決意を読み取って、二人は幸福にほほ笑みあった。

【エピローグ】

卒業式の日は、風の強い晴天だった。

咲き初《そ》めの桜が見下ろす校門をくぐり、響《ひびき》たち三年生は卒業生を示す花飾りを胸に式に臨《のぞ》んだ。

三年前——入学式の日を思い起こさせる陽気と、校長先生の長話。けれども、壁際の教師の列に、伊藤《いとう》先生の姿はない。

あの壁際で、彼は大きなあくびをしていた。大きな手でおざなりに口を覆《おお》い、響と目が合って、きまり悪そうに顔を背けたのだ……。

まるで昨日のことのように思い出しながら、響は体育館の窓を見上げた。ざっと風が吹き抜ける。桜の枝が大きく揺れた。やっと……やっと、今日まで来た。今日、この晴れの席に伊藤先生がいないのは、やっぱり少しさみしく感じる。けれども、ようやくという気持ちのほうが何倍も強い。

「あー……ホンット校長の話って、長いったらない！」

ちーちゃんが、泣いて赤くなった目尻をぬぐい、叫んでいる。

式のあと、卒業生たちは校庭のあちこちに散らばって、名残《なごり》を惜しんだり、記念写真を撮ったり、思い思いに過ごしていた。響もちーちゃんと浩介《こうすけ》と三人で、時計台の前で写真を撮った。手には記念の赤いカーネーションと、卒業証書が入った黒い筒《つつ》が一本ずつ。

「あ、今日このあとどうしますか!?」

ちーちゃんが、証書入れをマイクに見立て、インタビューみたいに二人にきいた。

浩介が、そわそわと落ち着かなげに視線をさまよわせる。

「あー、俺……これから用事が」

その目が誰かを捜していることに、響は気付いた。

「……もしかして、中島《なかじま》先生？」

響の推測は図星だったようで、浩介は気恥《こ》ずかしそうに頭をかいている。

「うん。卒業したら、もっぺんちゃんと告ろうって決めてた」

「卒業までずっと待ってたの？　うーわ、こーわ。執念ぶか～！」

ちーちゃんがにんまりと目を細め、浩介の肩を抱き込んでひやかした。浩介が「なんだよ」と憮然《ぶぜん》とする。

ちーちゃんは笑みをカラリとしたものに変えて笑った。

「褒《ほ》め言葉だよ。一途《いちず》だねーって！」

それはそれで照れるらしく、浩介は「けっ」と毒づいている。三年前から変わらない、いつものやりとりを眺めながら、響は名残惜しい気持ちをそっと胸の内で抱き締めていた。

三年着た制服も、学校に来るのも今日が最後だ。二人との友情はきっとこれからも続いていくだろうけれど、この場所で、この格好で一緒にいられるのはこれが最後。

ずっと、早く卒業したいと思っていた。早く大人になりたいと思っていたけれど、今、この瞬間は、やっぱりかけがえのないものだと思う。

響の大切な高校時代の、最後の日。

——と、どこからか、ちーちゃんを呼ぶ声が聞こえてきた。

「千草《ちぐさ》せんぱーい！」

見ると、弓道部《きゅうどうぶ》の後輩の男子が大きく手を振っている。

ちーちゃんは、ちょっと気まずそうな顔で二人から離れ、彼に向かって叫び返した。

「ごめーん、ちょっと待っててー！」

「えっ、あれっ？」

（ちーちゃん、もしかして……!?）

響の心の声を代弁するように、浩介が呟《つぶや》いた。

「あいつ、うちの二年じゃん。……なんだよ、おまえもやることやってんじゃねぇか」

ニヤニヤしながら千草をつつく。響は、「ええっ」と声を上げた。

「気付かなかった！」

以前のちーちゃんだったら、絶対キャーキャー言いながら、響を巻き込んでいたはずなのに。

知らないうちに、親友にいい感じの相手ができていたなんて、ちょっとショックだ。それもきっと、好きな人に思うように会えない、響に遠慮《えんりょ》してのことだとは思うけれど。

ちーちゃんは照れたように、「へへへ〜」と笑った。

「わたしさ、響たちのこと見てて、思ったんだよね」

（わたし？）

ちーちゃんの顔を見つめると、彼女はニカッと明るく笑った。

「一生懸命に、誰か好きになるのって、やっぱいいなぁって！」

「……！　ちーちゃん！」

感激して、ちーちゃんに抱きつく。がっしり響を抱き返しながらも、ちーちゃんは言った。

「響ぃ、ごめんねぇ！　そういうわけで、今日はここで。卒業おめでとう！」

「じゃ、オレも行くわ。また連絡すっからよ。じゃな」

浩介もあっさり手を上げて、それぞれ違う方向へ去っていく。

あっという間に取り残され、響はしばらくあっけにとられていた。次第に笑いがこみ上げてくる。いつもと変わらない二人の、いつもと変わらないさっぱりとした別れ方。これからも普通に会って、遊んで、おしゃべりして、今と変わらない友情が続いていくと、当たり前に信じているからこそだ。

ざあっと強く吹いてきた風が桜並木を揺らす。

響は目を細めて花を見上げた。

「今年は桜、早いな……」

そう呟く響の眼裏《まなうら》には、入学式、伊藤の背後で薄紅《うすべに》色の花びらを散らしていた桜が浮かんでいた。

＊

誰もいない昇降口。渡り廊下《ろうか》。職員室……。

思い出をたどるように、響は一人、ゆっくりと校内を歩いた。

体育館。弓道場。美術室。見上げれば、青空を背にした屋上が見える。

卒業式に出ていた後輩たちも下校して、人影はもうまばらだった。

友達とはしゃぎながら走り抜けていく後輩たちとすれ違う。その背中をつい目で追った。

明日になれば、ここは響たちの場所ではなくなって、誰かがまた新しい物語を作っていく。だけど、ここで考えて、ここで迷って、ここで思ったことは、響の中にずっと残って、この先に続く道を歩く力になってくれる。

開け放たれた三年の教室。黒板に卒業の寄せ書きが残されていた。『おめでとう』、『またいつか』、『卒業しても、みんなずっと』……。

その中に、『先生、だいすき！』の文字を見つけて、響はじっと立ち止まった。

はじめて人を好きになった。うれしいことも、楽しいことも、つらいことも、苦しいこともたくさんあった。

だけど、どんな思い出も、喜びも、悲しみも、みんな、響の力になるのだ。

＊

夕暮れ時までそうして過ごし、響は校舎をあとにした。咲き初めの桜の下を、卒業証書を手に正門に向かう。

校門の前には、見慣れた車が一台停まっていた。角張った古い外車。その手前に、長身の男の人が立っている。

（先生）

響はまぶしげに目を細めて笑った。彼の前まで進んでいき、真っ先に報告する。

「卒業、しました」

二人、この日をずっと心待ちにしていた。だめになりそうになった日も、より深く心をつなげた日もあった。見つめ合う視線の中に、言い尽くせないほどの思い出と感情が浮かんでは消える。

「ああ、おめでとう」と先生は言った。「何がしたい？」

響は束《つか》の間《ま》考えて、ぽつりと言った。

「……手、つなぎたいです」

先生はやさしい笑みを浮かべて、右手を差し出す。響はちょっとためらって、それから思い切って自分の左手を彼の手のひらにのせた。

「……小さいな。冷たい」

「先生の手は……あったかくて、大きい」

言いながら、彼の手を自分の頬《ほお》に押し当てる。

二人の距離が近づいた。ほほ笑みを交わし、目をつぶる。やさしいキスが落ちてくる。

今こそ心から響は思った。

(出会えてよかった)

先生！

※この作品はフィクションです。実在の人物・団体・事件などにはいっさい関係ありません。

集英社オレンジ文庫をお買い上げいただき、ありがとうございます。
ご意見・ご感想をお待ちしております。

● あて先
〒101-8050　東京都千代田区一ツ橋2-5-10
集英社オレンジ文庫編集部 気付
岡本千紘先生／河原和音先生

映画ノベライズ
先生！　、、、好きになってもいいですか？

集英社
オレンジ文庫

2017年9月25日　第1刷発行

著　者　岡本千紘
原　作　河原和音
発行者　北畠輝幸
発行所　株式会社集英社
〒101-8050東京都千代田区一ツ橋2-5-10
電話【編集部】03-3230-6352
【読者係】03-3230-6080
【販売部】03-3230-6393（書店専用）
印刷所　株式会社美松堂／中央精版印刷株式会社

※定価はカバーに表示してあります

ISBN 978-4-08-680149-2 C0193